CW01213201

El dolor de los demás

Miguel Ángel Hernández

El dolor
de los demás

EDITORIAL ANAGRAMA
BARCELONA

Ilustración: foto del archivo del autor

Primera edición: mayo 2018
Segunda edición: septiembre 2018

Diseño de la colección: Julio Vivas y Estudio A
© Miguel Ángel Hernández, 2018
por mediación de MB Agencia Literaria, S. L.
© EDITORIAL ANAGRAMA, S. A., 2018
Pedró de la Creu, 58
08034 Barcelona

ISBN: 978-84-339-9857-6
Depósito Legal: B. 8522-2018

Printed in Spain

QP Print, Miguel Torelló i Pagès, 4
08750 Molins de Rei

A Julia, la Julia, por todo el amor y toda la vida

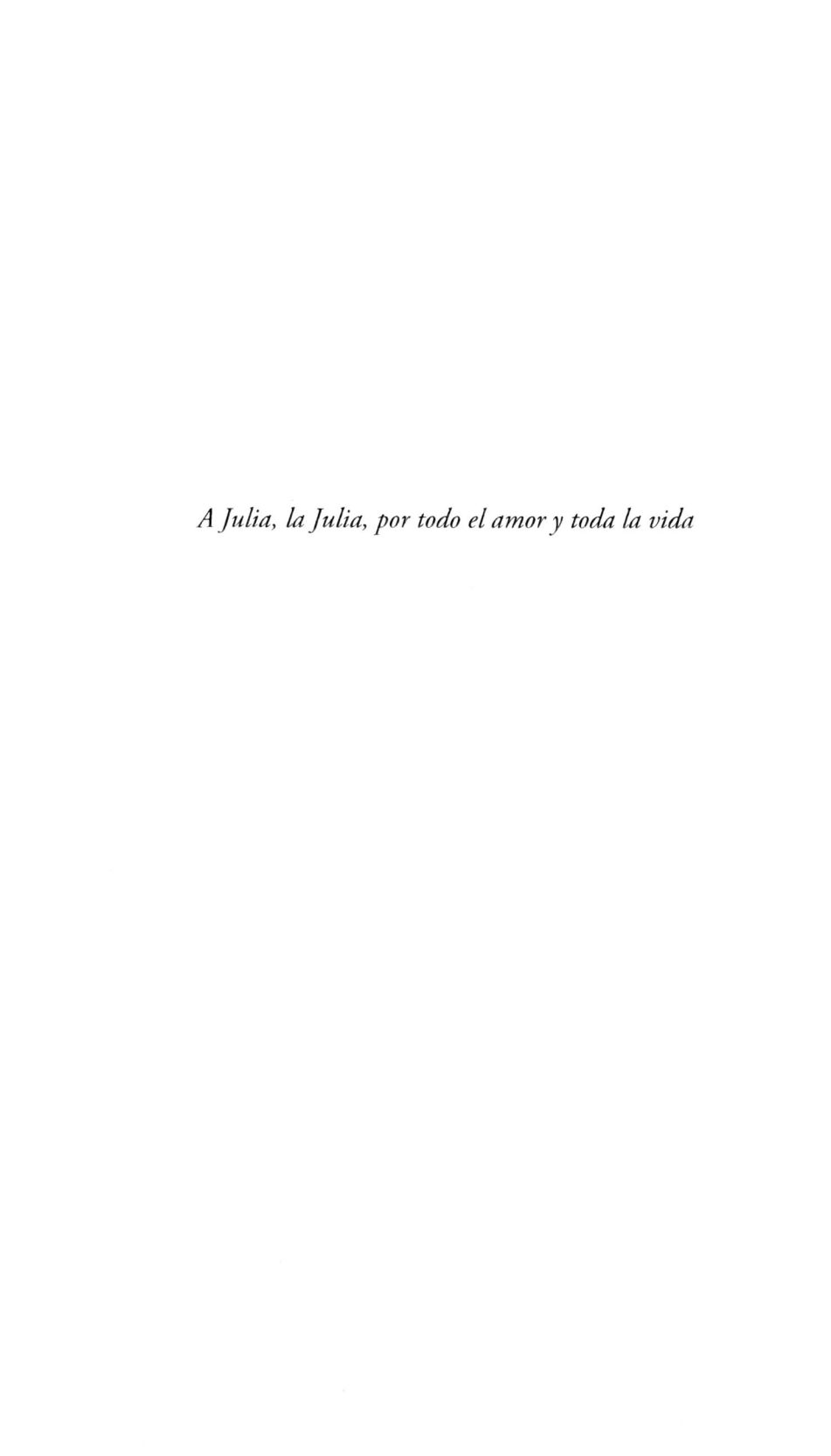

> La memoria es, dolorosamente, la única relación que podemos sostener con los muertos.
>
> SUSAN SONTAG

I. Veinte años

Han entrado en la casa de la Rosario, dice tu padre desde la habitación de al lado, han matado a la Rosi y se han llevado al Nicolás. Es lo primero que oyes. La voz que te despierta. La frase que ya nunca podrás olvidar. Por un momento, prefieres pensar que forma parte de un sueño y permaneces inmóvil bajo las sábanas. Son las cinco de la madrugada y apenas has conseguido dormir. La cena de Nochebuena no te sentó bien y llevas varias horas dando vueltas en la cama.

Han matado a la Rosi y se han llevado al Nicolás, escuchas ahora a tu padre decir con total claridad.

Es entonces cuando abres los ojos y, sin entender todavía nada, saltas de la cama, te vistes con lo primero que encuentras y sales corriendo hacia la sala de estar.

Tu madre, en camisón junto al árbol de Navidad, te mira y comienza a llorar.

Los críos de la Rosario..., consigue decir.

¿Qué ha pasado?, preguntas.

Algo muy feo, contesta, algo feo, hijo. Y se lleva las manos a la cara para ocultar las lágrimas.

13

Tu padre, en el aseo, termina de vestirse. Tu hermano, el primero en enterarse, lo apremia desde la puerta. Vente si quieres, te dice al salir. Tu madre se queda en casa y tú marchas con ellos. Llevad cuidado, advierte. Y cierra la puerta con llave. El frío se te mete bajo la piel y la humedad te atraviesa la cabeza. Es diciembre en la huerta de Murcia.

Camináis los tres en silencio por el carril oscuro. El rumor de fondo lo absorbe todo. Aumenta conforme os aproximáis a la carretera y os dirigís hacia la explanada, atestada de siluetas que se disuelven en la penumbra.

La luz mortecina de un plafón resquebrajado ilumina los rostros. Nadie se mira de frente. Todo se dice en voz baja.

Tres coches patrulla bloquean el acceso a la puerta de la casa. Junto a ellos, solo, moviéndose en pequeños círculos con las manos detrás de la espalda, distingues al padre de tu amigo.

¿Qué ha pasado, Antón?, pregunta tu hermano cuando llegáis a su altura.

Nada..., balbucea sin levantar la mirada del suelo, que han matado a mi Rosi y han secuestrado a mi Nicolás.

Pero ¿quiénes?, ¿cómo?, pregunta tu padre.

Nada..., que a mi Rosi la han matado. Y se han llevado a mi Nicolás.

Es lo único que dice. Una y otra vez. Repite lo mismo al vecino de enfrente, a tu vecina Julia, a tu prima Maruja, a todo el que detiene el coche y se acerca a preguntar. Lo dice con la misma mirada perdida, el mismo rostro descompuesto y la misma actitud de incredulidad, como si verdaderamente no supiera nada, como si nada, en realidad, hubiera sucedido.

Así comienza siempre que le preguntan.

Nada...
Y eso es lo que nadie entiende. La nada de lo que no puede ser dicho. La nada que comienza poco a poco a apoderarse de todos los rincones de la escena. La nada que te paraliza y nubla tu mente. La nada y dos preguntas:
¿Quién ha matado a la Rosi?
¿Quién se ha llevado a Nicolás?

1

–Hace veinte años, una Nochebuena, mi mejor amigo mató a su hermana y se tiró por un barranco. –No le des más vueltas, chaval. Ahí está la historia que buscas.

El escritor Sergio del Molino había venido a Murcia a presentar *Lo que a nadie le importa,* y yo acababa de decirle que la historia que contaba en esa novela, la reconstrucción de la vida de su abuelo materno, me había dejado sin ideas para mi próximo proyecto. Aunque seguía inmerso en la escritura de mi segunda novela, durante los últimos meses había comenzado a esbozar en unos folios la historia del padre de mi padre. A principios del verano, uno de mis tíos de Argentina había regresado a España tras varias décadas de ausencia y, durante una comida organizada por mis hermanos, había dejado a toda la familia hipnotizada con el relato de la historia del abuelo Cristóbal. Según contó mi tío, su padre fue espía de Franco en África, era temido en Guadix por sus fechorías durante la posguerra, raptó a mi abuela cuando ella acababa de cumplir doce años y, a finales de los cincuenta, se llevó a casi toda la familia a Argentina en busca de aventura. Allí los abandonó a todos nada más llegar y no volvieron a saber nada de él hasta mediados de los setenta, cuando encontraron su cadáver en la cuneta de una carretera rural.

Yo había oído alguna vez a mi padre hablar del carácter y la rectitud de mi abuelo, de cómo los guardias civiles se cuadraban en su presencia en los años posteriores a la guerra e incluso de cómo había saltado la tapia de la casa de mi abuela para llevársela a la fuerza. Seguramente también él habría contado algún día esa historia argentina que años después su hermano nos relató. Si lo hizo, no lo recuerdo, o tal vez no le prestase atención. Los hijos no escuchan a los padres. Y solo reparan en ello cuando ya es demasiado tarde. Tal vez por eso —y quizá también porque, a pesar del marcado acento argentino, su tono de voz grave me hizo evocar a mi padre— aquella tarde seguí la narración de mi tío como si fueran los cuentos de las mil y una noches. Y cuando, tras concluir su relato, hizo una pausa y exclamó «Menudo hijo de puta, el abuelo Cristóbal», sentí de pronto la necesidad de ahondar en la vida de ese desconocido del que ni siquiera había visto una fotografía.

Durante varios meses esa historia fue ganando espacio en mi cabeza. Abrí un cuaderno y poco a poco fui llenándolo de notas, esbozos e ideas. Incluso me planteé abandonar la novela que estaba escribiendo en ese momento. Sin embargo, a finales del verano de 2014, justo cuando había decidido en firme que mi próximo libro intentaría dejar constancia de las andanzas de mi antepasado infame y vil, llegó a casa el libro de Sergio del Molino y desbarató todos mis planes. Él había escrito lo que yo quería escribir. Aunque se trataba de vidas diferentes —su abuelo no era un miserable como parecía serlo el mío—, lo que yo quería narrar —la historia de un país y una generación a través de la

historia de una persona cualquiera– constituía precisamente el corazón del libro de Sergio. Comenzar a escribir después de él no tenía demasiado sentido. Al menos, no en ese momento. Por eso, cuando me lo encontré en Murcia varios meses después, no pude evitar decirle:
—Cabrón, me has quitado mi próxima novela.

Y fue entonces cuando, tras conversar acerca de autoficción, no-ficción, novelas inspiradas en hechos reales y autobiografías, le comenté que, aparte de la vida de mi abuelo, había una historia que hacía mucho tiempo que estaba dentro de mí. Una historia amarga que no sabía si algún día tendría el coraje de afrontar y que esa tarde resumí en una frase seca y desnuda:
—Hace veinte años, una Nochebuena, mi mejor amigo mató a su hermana y se tiró por un barranco.

Esa frase contenía una historia. El pasado del que toda mi vida he estado intentando escapar.

Hace veinte años...

Yo acababa de cumplir dieciocho años, vivía con mis padres en un pequeño caserío de la huerta de Murcia y había comenzado a estudiar Historia del Arte en la universidad. Mi padre embalaba ventanas en una carpintería de aluminio y mi madre se encargaba de su tía anciana, la Nena, que ya había cumplido los noventa y pasaba los días sentada mirando por la ventana. Mis tres hermanos, casados cuando yo apenas era niño, hacía ya bastante tiempo que se habían marchado del hogar familiar. Y a mí todavía me quedaban años por vivir en aquella casa en medio de ninguna parte, con la Nena y con unos padres que me cuadruplicaban la edad y que bien podrían haber sido mis abuelos.

Yo era el niño mimado, el pequeño, el consentido. Tenía todo lo que ellos –mis padres, pero también mis hermanos– no habían podido tener. Y no podía quejarme de nada porque no sabía lo que era pasar fatigas o tener que pedir prestado para poder comer. Precisamente por eso debía estudiar, dejarme la piel y aprovechar ese regalo que a otros muchos les había sido negado. Estudiar para no acabar trabajando la huerta. Estudiar lo que fuese. Administrativo, mecánica, electrónica. O, mejor, bachiller. Y, después, COU. Y, con suerte, entrar en la universidad. Y estudiar allí cualquier cosa. Preferiblemente Derecho, o Magisterio, o Psicología. Incluso Historia del Arte. Al fin y al cabo, también era una carrera. Y una carrera era un futuro. Iba a ser el primero de la familia en ser admitido en la universidad. Un orgullo. Tanto esfuerzo, tantas horas extraordinarias, tantos desvelos, por fin, recompensados. Mi hijo –aspiraba a decir mi madre–, el universitario, el que se encierra a estudiar y no ve la luz del sol, un día será alguien.

Y su hijo –yo– de momento solo era un gordo. Por encima de cualquier cosa. Un gordo acomplejado que se ocultaba bajo camisas negras dos tallas más grandes para evitar que se le marcasen los michelines. Un gordo aplicado pero invisible que había pasado desapercibido en el colegio y en el instituto y que aún no sabía lo bien que se le iba a dar memorizar diapositivas de templos griegos y pinturas barrocas. Un gordo que no había escrito una sola línea, ni se le había pasado aún por la cabeza la idea de convertirse en escritor. Un gordo, eso sí, que se dejaba las pestañas leyendo y que devoraba compulsivamente cualquier libro que caía en sus manos.

Eso era yo. Un gordo que leía en un mundo en el que nadie lo hacía. Porque en mi casa no hubo libros hasta que yo comencé a traerlos. Primero, prestados, de la biblioteca del colegio; después, del instituto y de las bibliotecas de todos los pueblos circundantes. Y luego, más tarde, comprados. En la librería del pueblo y en el quiosco de la plaza. Nuevos y de segunda mano. Clásicos y contemporáneos. Dostoievski y Stephen King. Herman Hesse y Dean R. Koontz. Aún no tenía criterio. O mi criterio era que todos los libros eran buenos y había que leerlos. Y eso es lo que hacía. Hasta que me dolían los ojos y comenzaba a ver borroso. Hasta que la realidad se desvanecía y un espacio diferente se abría frente a mí. Como las noches que pasé en vela ante *El pequeño vampiro,* con ocho años, en una silla de la cocina, cuando aún no tenía habitación propia. O la semana entera que me recluí a leer dos veces *La historia interminable* bajo la colcha del sofá, como Bastian Baltazar Bux, iluminando las páginas con la linterna cuadrada que mi padre utilizaba para regar los limoneros las noches de tanda.

Lo pienso ahora y creo que esa imagen condensa mis dos mundos. El mundo de debajo de la colcha del sofá y el mundo de afuera. El universo de los libros y la vida de la huerta. El territorio hacia el que quería huir y el espacio en que me había tocado vivir, un mundo viejo y pequeño, cerrado y claustrofóbico, un lugar donde pesaba el aire.

En 1995 –el «hace veinte años» de la frase–, sin ser todavía consciente de ello, ya había comenzado mi particular intento de escapada de aquel lugar. La universidad, la ciudad, el mundo más allá de los lindes de la huerta, iba a ser mi salvación. Allí iba a encontrar el espacio al que realmente pertenecía, el lugar en el que tendría que haber nacido. Pero aún había lastres que no me dejaban marchar y me mantenían pegado a ese territorio al que volvía todas las tardes. Uno de ellos había sido mi bombona de oxígeno en el pasado, mi sombra, el niño junto al que crecí: Nicolás, el hijo de la Rosario, mi vecino de la huerta, de quien me había distanciado, pero a quien seguía considerando...

... *mi mejor amigo*...

Vivíamos a apenas doscientos metros uno del otro. Su casa se elevaba junto a la carretera que cruzaba la huerta. La mía, al fondo de un carril de chinarro. Las dos, rodeadas de limoneros. Nuestra existencia parecía cortada por el mismo patrón. Nicolás cumplía años pocas semanas después de mí, también era hijo de padres mayores y, como yo, el menor de cuatro hermanos. Él tenía una hermana y nosotros éramos todos varones. Por lo demás, parecíamos un reflejo. Inseparables. Uña y carne, decían los vecinos. Yo, la carne; él, la uña. Yo, rechoncho y voluminoso; él, alto y delgado. Yo, mofletudo y con la tez rosa; y él, cobrizo, de perfil duro y rasgos achinados. Un oriental espigado con el pelo negro y lustroso.

Cuando pienso en él, no sé por qué razón, lo imagino siempre vestido con un chándal de tactel de tonos violáceos. Y lo recuerdo también ensimismado, callado, cerrado, taciturno. Porque, sin duda, eso era lo que por encima de cualquier cosa definía a Nicolás. Si yo era un gordo aplicado, él era un tímido enfermizo. Supongo que hoy le habrían diagnosticado algún tipo de trastorno del espectro autista, probablemente un Asperger. En aquel tiempo era un «crío callado», vergonzoso y retraído. Un chico raro que agachaba la cabeza y al que apenas le salía la voz del cuerpo. Con cuatro años y con diecisiete.

No se comportaba como el resto de los niños. Era especial. También cuando se mofaban de su timidez. Aguantaba como nadie, pero tenía un punto límite. A partir de ahí explotaba. Y afloraba en él una rabia contenida. Una fuerza desmedida que nadie sabía de dónde brotaba. Instantes fugaces de cólera que incluso a mí me sobresaltaban. Hasta esos momentos, yo era su voz y su escudo. Hablaba por él y lo protegía. Y a su lado me sentía poderoso. Yo dominaba y él obedecía. Era como mi sombra, seguramente también mi lacayo.

Siempre estuvo presente en mi vida. Desde el primer día de parvulario hasta la noche en que sucedió todo. Es cierto que nuestros caminos comenzaron a separarse después del colegio, cuando él se decantó por la FP y yo preferí el bachillerato. Sin embargo, aunque ya no nos viésemos en clase, nos reencontrábamos por la tarde en la huerta, para jugar al fútbol, a la canasta, al parchís, a las cartas o a la consola. Y también los domingos en la ermita. Para preparar las lecturas y ayudar a misa. Y en la catequesis de la confirmación, en el pueblo de al lado, los viernes por la tarde y los sábados por la mañana. Incluso, al final, en la autoescuela. Hasta el último momento, la tarde del 24 de diciembre de 1995, cuando lo vi en la puerta de su casa jugando al ajedrez con su primo Pedro Luis, horas antes de la noche funesta en que...

... mató a su hermana y se tiró por un barranco.

Esa noche, tras la cena de Nochebuena, sobre las dos de la madrugada, cuando los padres ya se habían ido a la cama y el resto de la familia se había marchado, Nicolás entró en la habitación de Rosi, cinco años mayor que él, y la golpeó con fuerza hasta acabar con su vida. Lo hizo con el radiocasete o con la báscula de metal —o, según otras versiones, con todo lo que tenía a mano–. Los padres no oyeron golpes ni gritos. Los despertó el ruido del motor de un coche. Al entrar en la habitación, encontraron el cuerpo de su hija tendido sobre un charco de sangre. Buscaron a Nicolás, pero había desaparecido. El Seat 127 azul tampoco estaba. Llamaron a la Guardia Civil y comenzó la búsqueda. Nadie sabía dónde podía haberse escondido. Varias horas después, cuando comenzaba a amanecer, encontraron su cadáver en el Cabezo de la Plata, un terreno escarpado a unos diez kilómetros de su casa. Su primo hermano Juan Alberto, otro de mis mejores amigos, descubrió el cuerpo en el fondo de un barranco. Llevaba el cinturón alrededor del cuello. Había intentado ahorcarse antes de saltar.

Esos eran los hechos. Lo que yo sabía. Lo que, tiempo después, había conseguido averiguar. Si algún día me atrevía a escribir esa historia tendría que comenzar así. Y desvelarlo todo desde el principio. Él la mató y esa misma noche se suicidó. No hay más intriga. No hay más misterio. O precisamente ahí está el misterio. ¿Por qué la mató? ¿Qué pasó por su cabeza? ¿Por qué entró en la habitación? ¿Qué desencadenó la pelea? ¿Fue, de hecho, una pelea? ¿Hubo algo más entre ellos? ¿Qué sucedió para que una noche de fiesta se convirtiera en una pesadilla atroz?

Nadie se explicaba qué podía haber ocurrido. Una familia normal, buenos chicos, dijeron todos –yo también– ante los medios y ante la Guardia Civil. Nadie sabía nada. Nadie lo ha llegado a saber jamás. El caso se cerró y todas las preguntas quedaron sin contestar. El secreto se convirtió en enigma y su solución se enterró con ellos para siempre. Al fin y al cabo, los hechos estaban claros. Había una víctima y un asesino. Y el asesino también estaba muerto. Lo demás era pura especulación.

Por excepcional que pueda parecer, yo apenas regresé a esa noche amarga. Preferí dejar la mente en blanco y huí hacia delante como si nada hubiera sucedido. Mi mejor amigo había matado a su hermana y se había suicidado. Nadie sabía el porqué. Y yo, menos que nadie. Tenía dieciocho años y, en plena adolescencia, lo normal habría sido que aquello me hubiese hecho trizas por dentro. Sin embargo, pasé página de un modo que ahora, al recordarlo, me sorprende y apenas puedo comprender.

Con el tiempo, aquella larga madrugada acabó transformándose en una anécdota del pasado. Un episodio de mi historia en el que nunca profundizaba más allá de esa frase que en ocasiones repetía como un mantra —«mi mejor amigo mató a su hermana y se tiró por un barranco»—. Una fórmula que quizá también fuera una armadura, una protección contra aquel espacio oscuro en el que nunca había sabido cómo adentrarme.

Y, sin embargo, ahí, en esa frase, en esa fórmula-armadura que yo había construido para aislar mi pasado y alejarlo del presente, había una historia que podía ser contada. Eso era lo que me había sugerido Sergio y lo que otros, antes que él, también me habían asegurado. Tienes que escribirlo algún día, insistía mi amigo Leo cada vez que sacaba a colación el tema. Algún día, sí, contestaba yo, creyendo que ese día se demoraría sin límite mientras siguiera interesado en historias de artistas, intelectuales y teorías sofisticadas. Algún día, sí, pensaba; algún día regresaré a esa noche y a todo lo que con ella también volverá: Nicolás, la vida en la huerta, el origen, la casa, los padres, los vecinos, la incomprensión, ese universo del que había salido y al que nunca había querido regresar. Algún día, sí, solía decirme;

algún día escribiré acerca de todos los miedos, de todas las frustraciones, de todos los llantos del pasado. Algún día, pensaba. Algún día, decía. Y en el fondo me aterrorizaba que ese día, constantemente desplazado hacia el futuro, pudiera acabar llegando y agrietara de golpe el presente.

Se lo han llevado en el coche, escuchas. Al zagal, dice alguien, en su propio coche. El 127 azul no está en la explanada. Es lo primero que has pensado al llegar. ¿Lo habrán obligado los asesinos a conducirlo? Apenas tienes tiempo de esbozar una respuesta. Alguien te agarra del hombro. Llévatelo de aquí, Julia, sugiere tu padre a tu vecina. Vamos, hijico. Llévatelo, repite tu padre. Él y tu hermano Juan entran en casa de la Rosario. Se alejan por el pasillo en dirección al lugar donde todo ha sucedido. Tú, en cambio, comienzas a salir de escena. Vamos, hijico, vuelve a decir la Julia. He hecho tila. Te vendrá bien. Te lleva a la casa de al lado, pared con pared con la de tu amigo. Cierra con pestillo, dice al entrar. Todavía no los han encontrado. Echa el pestillo y cierra, por favor. Comprendes entonces que la tila no es para ti. Es ella quien tiene miedo. La Julia. Tu vecina. Tu segunda madre.

Tomas la taza de tila y te asomas a la ventana. Los hombres ocupan la explanada. Las mujeres duermen en las casas. Los hombres están donde todo sucede. Y tú quieres estar con ellos. Con los hombres y no con las mujeres. Quisieras salir fuera y dejar a la Julia ahí.

Ya no eres un crío. Tienes dieciocho años. Aunque en la huerta eso no signifique nada.

2

Allí había una historia. Tal vez una novela. La noche que llegué a casa tras la presentación del libro de Sergio del Molino vi con toda nitidez esa posibilidad. La euforia de los gin-tonics que habíamos bebido sin cesar para celebrar la amistad ayudó bastante. A la mañana siguiente, sin embargo, la resaca y el efecto de la realidad me convencieron poco a poco de que me había entusiasmado en exceso. ¿Adónde iba yo con ese libro? ¿Una novela sobre un crimen real? ¿Una historia ambientada en la huerta de Murcia? Eso no se parecía a nada de lo que hubiera escrito. Había publicado una novela sobre el mundo del arte contemporáneo e intentaba finalizar otra en la que el arte seguía siendo el centro de todo. Artistas, intelectuales, exposiciones internacionales, teorías enrevesadas sobre los límites de la representación y la memoria de las imágenes..., de eso era de lo que sabía escribir. Al fin y al cabo, por mucho que en mis delirios me considerara un novelista, en el fondo seguía siendo un profesor universitario que había aprovechado sus conocimientos para narrar en forma de novela lo que antes había escrito como ensayo. Y eso era lo que debía seguir haciendo. Dejar las cosas estar y continuar con aquello que sabía cómo manejar. Meterme a narrar la historia que había contado a Sergio era alejarme de ese territorio relativamente confortable y viajar hacia lo desconocido, adentrarme en unos lugares por los que jamás había transitado. Al menos eso fue lo que pensé entonces. Ahora sé que todo forma parte del mismo impulso y que, en realidad, no iba a tener que irme tan lejos. Pero en aquel momento estaba convencido de que se trataba de un nuevo camino y no estaba seguro de querer emprenderlo.

Pasé prácticamente todo el día dándole vueltas a estas ideas. Y sobre ellas precisamente meditaba cuando, esa misma tarde, mientras esperaba en un semáforo para cruzar la calle tras un consejo de departamento bochornoso, un coche comenzó a darme las luces y alguien me saludó desde su interior. Reconocí su rostro al instante: Juan Alberto. Hacía casi diez años que no me encontraba con él. Sabía por algún mensaje de móvil que había empezado a trabajar en la comisaría del Barrio del Carmen, pero no lo había vuelto a ver prácticamente desde mi boda.

Me acerqué al coche y lo saludé a través de la ventanilla del copiloto.

—Tenemos que vernos y ponernos al día —dijo mientras me agarraba del brazo sin dejar de mirar por el retrovisor.

—Por supuesto, llámame cuando quieras.

—Ya tengo la custodia compartida. Tienes que ver a la cría. Está hecha una mujer.

Asentí con la cabeza.

—Me alegro de verte, Miguel.

No nos dio tiempo a más. El semáforo se puso en verde y su coche se alejó hacia la ciudad.

Yo también me alegraba de verlo. Pero el hecho de haberme tropezado con él justo cuando comenzaba a pensar en escribir sobre lo ocurrido veinte años atrás me pareció una extraña maniobra del azar. No solo porque Juan Alberto hubiera sido uno de mis mejores amigos durante la adolescencia y eso me condujese directamente al pasado, sino sobre todo porque él tenía un rol fundamental en la historia en la que estaba considerando adentrarme. Juan Alberto era primo hermano de Nicolás. También lo había conocido de cerca. Pero había algo más: la noche en que sucedió todo, tras varias horas de búsqueda, fue él quien encontró su cadáver en el barranco.

Curiosamente, nunca habíamos hablado de eso. Desde aquella noche triste apenas nos habíamos visto con detenimiento. Aunque acabamos distanciándonos por otros motivos, lo que sucedió en la Nochebuena de 1995 también había levantado entre nosotros una barrera de oscuridad, un espacio intransitable en el que todo había quedado sin decir.

Y ahora, cuando por primera vez en mucho tiempo yo había concebido la posibilidad de mirar hacia atrás, Juan Alberto se cruzaba en mi camino. ¿Qué probabilidades había de que eso sucediera aquella precisa tarde? Nunca he creído demasiado en las señales del destino, pero confieso que, mientras contemplaba su coche perderse en la distancia, pasó por mi cabeza la idea ingenua de que alguien o algo lo había puesto delante de mí justo ese día.

Creo que fue en ese momento cuando me convencí de que tenía que escribir este libro. Y también en ese instante comencé a tomar conciencia de lo que significaría hacerlo, de las heridas que reabriría, del daño que podría causar.

Hoy, tiempo después, cuando este libro ha comenzado a escribirse y ya no hay vuelta atrás, pienso que si el azar hizo que me encontrase aquel día con Juan Alberto, no fue para convencerme de que esta era la historia que tenía que contar, sino todo lo contrario: para disuadirme, para advertirme de que hay aguas que es mejor no remover, lugares en los que es mejor no entrar, que no todas las historias tienen por qué ser contadas, que escribiendo no siempre se gana, que a veces también naufragamos ante el dolor de los demás.

Tocan a la puerta. Tu padre tiene el rostro amarillo y los ojos enrojecidos. Necesita entrar al aseo. Al salir, la Julia pregunta:
¿Se sabe algo, Juan Antonio?
Han matado a la zagala y el Nicolás no está.
Los dos se miran en silencio. Ella le ofrece un vaso de tila. La tila lo cura todo. Es el antídoto contra el miedo.
No se sabe nada más, dice con el vaso en la mano. Los que la han matado han escapado. Y el Nicolás no está.
Adviertes en ese momento que algo ha cambiado. La frase ya no es la misma. A Nicolás no se lo han llevado. Ahora, Nicolás no está. Ha desaparecido, pero nadie se lo ha llevado.
No hay justicia, dice tu padre.
Y bebe de un trago la infusión.
Quédate aquí y no salgas, añade antes de marcharse.
Ay, suspira la Julia, el Nicolás...
Es lo único que tienes en la cabeza. Nicolás. ¿Dónde está? ¿Cómo ha conseguido huir?
Aún no te preguntas por su hermana. Cómo han matado a la Rosi, quiénes, por qué. Solo quieres saber qué ha

pasado con Nicolás. Si se lo han llevado o ha desaparecido. Si se ha escondido o ha podido escapar.

Ay, el Nicolás..., repite la Julia.

Y en sus palabras adviertes algo extraño, una especie de cadencia que va más allá de la pena. Sientes por un momento que ahí, en ese lamento, está todo condensado.

3

A mediados de noviembre de 2014, un mes después de la conversación con Sergio del Molino, murió el suegro de mi hermano mayor. Tras unos días en el hospital dejó de respirar. Tenía casi ochenta años, pero parecía el más fuerte de la familia. De hecho, se hacía cargo de su mujer, postrada en la cama después de una operación de cadera. Pocos meses más tarde, también ella moriría, de pena, o de incomprensión, de esa imposibilidad de entender cómo la vida se da la vuelta de un momento para otro y todo se tuerce ya sin remedio. Mi cuñada, hija única, se quedaría huérfana en apenas cinco meses.

Pero el primer mazazo, el que nadie esperaba, fue la muerte de su padre. Estaba en clase cuando me enteré y salí inmediatamente hacia el tanatorio para llegar lo antes posible. Me sentía culpable por no haberlo visitado apenas en el hospital tras su infarto cerebral. El único día que fui a verlo, la situación me recordó tanto a los últimos días de mi padre en la UCI –intubado y sin posibilidad de mejora– que tuve que salir rápidamente de la habitación para tomar algo de aire y soltar las lágrimas. Después, abrumado de compromisos y trabajo, no volví a llamar a mi cuñada para preguntarle por su padre, y el día de la muerte quise ser de los primeros en llegar.

El tanatorio de Alquerías lo construyeron a las afueras del pueblo, rodeado de limoneros, a unos pocos kilómetros de donde siguen viviendo mis hermanos. Cuando mi padre murió, aún no habían comenzado las obras y tuvimos que velar su cuerpo en la ciudad. El trayecto de mi madre fue mucho más corto. Apenas unos minutos entre la casa en la que se desplomó y el escaparate refrigerado frente al que la acompañamos un día y una noche. Escribí un libro para no olvidar esos momentos amargos. Un cuaderno sobre la muerte y el duelo. La escritura me sirvió como barrera. Y las palabras consiguieron frenar las emociones. Ahora, mientras escribo este párrafo, me doy cuenta de que este libro también está lleno de muertes. De muertes y de lugares de duelo. Es, una vez más, un texto luctuoso. La muerte reclama su sitio en todo lo que escribo.

En la puerta del tanatorio me encontré con mi hermano Emilio y su mujer. También ellos habían llegado temprano.

—¿Estás escribiendo? —me preguntó mi cuñada Mari Carmen, la única de la familia que se interesaba por mis libros y solía preguntarme por ellos cada vez que me veía. Aunque nunca había publicado nada y solo leía novelas románticas, había intentado escribir algún cuento y aspiraba a embarcarse algún día en una novela.

—En ello estoy, sí —contesté. Y, en lugar de hablarle de la novela que estaba escribiendo en ese momento, añadí—: ¿Sabes?, he comenzado a escribir sobre la Rosi y el Nicolás.

Su gesto se alteró por completo. Ella había conocido

de cerca a Rosi y habían salido de fiesta juntas en alguna ocasión.
—Pero... —dudó— tú no puedes hacerlo. Él era un asesino. Y tú nunca supiste verlo.
—Voy a intentar contar lo que pasó.
—Que era un hijo de puta —sentenció—. Eso es lo que pasó. Eso es lo que tienes que escribir.
—Calla, mujer —la interrumpió mi hermano—. Sabrá él lo que debe escribir. ¿No ves que tiene estudios?
Mientras hablábamos, habían comenzado a llegar algunos vecinos. Uno de ellos se acercó a nosotros y mi hermano lo saludó con efusividad:
—Hombre..., Garre.
Garre tenía un almacén de limones en el que mis hermanos trabajaron algún verano cuando eran jóvenes. Más de una vez mi madre recordaba que, a pesar de pagarles una miseria, los tenía conquistados con sus chistes y su sentido del humor.
—¿Este es tu hermano? —dijo mirándome a mí—. Está blanco, el cabrón. Tú trabajas poco, ¿no?
Yo intenté sonreír, habituado ya a este tipo de comentarios. Y me quedé unos segundos absorto en su camisa de flores abierta y en la enorme cadena de oro que parecía flotar sobre el vello blanco y rizado de su pecho.
—Es escritor —contestó mi hermano, entre la ironía y el orgullo—. Está empezando un libro sobre lo que pasó en la huerta, el crimen de los hijos de la Rosario.
—Hostias —exclamó—, ahí hay tela que cortar. Se ve que se entendían entre ellos.
—Pero qué hablas —interrumpió mi cuñada.
—Yo, lo que dice la gente. Además, ella estaba embarazada de él.
—Ese disparate sí que no te lo permito —contestó.

—Pero si lo sabía todo el mundo...
—Es mentira. Tu hermano Juan —dijo ella mirándome directamente— vio la sangre en la compresa. Tenía la regla. Me lo dijo a mí.

Se le humedecieron los ojos y sacó un kleenex para secarse las lágrimas.

—No te pongas así —intentó consolarla Garre sin demasiada fortuna—. Parece mentira que viviendo tan cerca no sepáis lo que cuenta la gente.

—¿Y qué cuenta? —pregunté.

—Muchas cosas. No sé. Por ejemplo, que fueron sus hermanos quienes lo persiguieron hasta el Cabezo y lo empujaron por el barranco.

—Nunca había oído eso —dije.

—Y cómo coño lo vas a oír si tú no vives aquí —repuso. Y, dirigiéndose a mi hermano, comentó—: El intelectual... No parece hermano vuestro, copón. Nene —volvió a mirarme—, no te enteras. Ahí hay más de lo que se dijo. Mucho más.

Ni siquiera me dio tiempo a indignarme demasiado por el tono tan despectivo con que había pronunciado «el intelectual». El coche fúnebre llegó en ese momento y, detrás de él, mi hermano José Antonio, mi cuñada y mis dos sobrinos. Me acerqué y les di el pésame en cuanto bajaron de su vehículo. Entré al tanatorio y me senté en uno de los sillones de la sala donde se iba a velar al difunto. En aquel silencio cargado de rumores y llantos ahogados, tuve tiempo de meditar sobre lo que me acababan de decir. Nunca antes había escuchado aquellas versiones de la historia. Había germinado allí un imaginario de habladurías y sospechas que yo desconocía. Todos parecían tener su propia teoría.

Al salir, me volví a encontrar con Garre. Seguía en el

mismo lugar, apoyado en la pared, fumando y conversando con todo el que entraba.

–Los entierros le dan vidilla a esto –le oí decir de pasada–. Cuando no hay muertos, el aburrimiento no se puede aguantar.

Me despedí de él con un leve movimiento de cabeza.

–Nene –advirtió mientras yo abría la puerta del coche–, si vas a escribir de eso, haz el favor de preguntarle a la gente que sabe. No vaya a ser que no te enteres de nada.

Nicolás no está. No lo encuentran, oyes al otro lado de la ventana. Lo están buscando. Ha desaparecido. Y tú sigues sin saber si se lo han llevado, si ha huido o si ha logrado esconderse.

Piensas entonces en el escondite. Si Nicolás se ha escondido, nadie lo va a descubrir. Porque al escondite él siempre gana. Lo recuerdas. Su cuerpo delgado ocultándose bajo los ramales de las acequias, introduciéndose en los tubos más pequeños, mimetizándose con los árboles, capaz incluso de levantar montones de hierba y tenderse bajo ellos como una lombriz, conteniendo la respiración, haciéndose el muerto.

Nicolás sabe desaparecer. A ti, en cambio, siempre te encuentran. Tu cuerpo no te acompaña. Tu cuerpo es un fardo, un lastre.

Solo logras seguir a Nicolás cuando os encaramáis al viejo limonero junto al río. Él sube de un salto. Tú utilizas los nudos del gran tronco como una escalera. Allí aguantáis hasta que el sol se pone, uno frente a otro, sin pronunciar una sola palabra, mirándoos en silencio. No habláis de nada. Solo permanecéis en el árbol. Los dos. Serenos. Inmóviles. Aún no sabes que esa quietud jamás volverá. Tampoco el silencio. Ni el tiempo detenido. La tarde concluye con la voz de su madre. Estáis lo suficientemente cerca para que se oiga entre los árboles. Muchos años después, cuando escribas una novela para contar su historia e intentes recordar el momento, te será más fácil evocar la sonoridad de la madre que las palabras de Nicolás. Porque él nunca ha sido una voz. Nunca nada que saliese al exterior. Solo un cuerpo escurridizo. Un cuerpo que corre y jamás logras atrapar.

4

Al regresar a casa desde el tanatorio, decidí dar un rodeo y tomé la antigua carretera que conectaba el pueblo de Alquerías con la huerta. En menos de dos minutos me encontré frente a la casa de Nicolás, y no pude evitar detener el coche unos segundos para contemplarla. Allí había tenido lugar lo más terrible. En aquel interior en el que tantas veces había jugado a las cartas. Y al parchís. Y al escondite. Y a todo lo que juegan los niños.

Habían repintado la fachada y en una esquina de la explanada se levantaba ahora una especie de marquesina de uralita para poner a resguardo el coche. Por lo demás, todo parecía igual. El 127 azul que en su día conducía Nicolás era ahora un Fiat Punto blanco, probablemente el coche de su padre –el único que continuaba viviendo allí–, pero seguía aparcado con la misma meticulosidad de siempre, perfectamente paralelo a la puerta principal, como si alguien lo hubiera situado en ese espacio empleando una cuadrícula.

Pared con pared estaba la que fuera la casa de la Julia. Esa sí que había cambiado del todo. Una vez fue prácticamente mi segunda casa, y mi vecina Julia, mi segunda madre. Pero, como tantos otros, hacía tiempo que ella se había marchado de la huerta. Entre los que se habían ido a vivir a otro lugar y los que habían muerto, apenas quedaba allí nadie de mi infancia. También había cambiado el escenario, y muchos de los huertos eran ahora chalets con jardín y piscina. Nuevas casas y nuevos habitantes que yo no conocía. Aquel mundo ya no me pertenecía. La huerta en la que me crié había comenzado a desaparecer.

Escribo «la huerta» y realmente no tengo muy claro cómo nombrar el lugar en el que viví durante veinticinco años. En Murcia llamamos La Huerta a una especie de comarca natural que comprende las tierras regadas por el río Segura, desde la Contraparada —una presa árabe al oeste de ciudad— hasta el límite con la Comunidad Valenciana. Cada uno de los pueblos y pedanías tiene su huerta. La huerta de Torreagüera, la huerta de Beniaján, la huerta de Nonduermas... La huerta en la que yo crecí es la huerta de Los Ramos, tres kilómetros al sur del pueblo, en la margen derecha del Segura, cerca de Alquerías, en el antiguo camino que une Murcia con Orihuela. Un pequeño caserío rodeado por limoneros, naranjos, bancales de patatas, lechugas, tomates y toda clase de hortalizas. Un espacio verde atravesado por una red de acequias, brazales y regaderas que siguen el diseño proyectado durante la dominación islámica y que aún conservan muchos de sus nombres árabes: Benicomay, Benicoto, Azarbe de Beniel.

La huerta es un lugar, pero también es una imagen, un espacio mítico. A lo largo del siglo XIX, en pleno auge de los nacionalismos, la huerta fue la depositaria del arraigo romántico y del amor por el terruño. Se construyó un imaginario de autenticidad en torno a la vida de los verdaderos habitantes de la tierra murciana y nació entonces un folclore, una serie de costumbres tipificadas, una forma de vida, un modo de relacionarse, un pensamiento particular e incluso una suerte de dialecto, el panocho. Poetas y escritores como Vicente Medina contribuyeron a crear esa imagen que aún pervive. De algún modo, inventaron la tradición.

En la actualidad, ese folclore se ha transformado en ecologismo. Y los murcianos de la capital que añoran la vida genuina de los huertanos del pasado salen a pasear en bici los fines de semana por los carriles de la huerta y se asocian para defenderla ante la especulación inmobiliaria, que prácticamente ha destruido ese paraíso anhelado. Algunos construyen allí sus chalets con piscina y, orgullosos de vivir en contacto con lo auténtico, pronuncian más alto que nadie la consigna: ¡Salvemos la huerta! ¡Salvemos lo nuestro! ¡Murcia no se vende!

Toda mi vida he intentado escapar de esa mitificación. La vida en la huerta fue el purgatorio por el que tuve que pasar hasta que llegué a la ciudad. Las acequias estaban infestadas de mosquitos. Cavar caballones en los huertos me rompía la espalda. No había iluminación en las carreteras y a las casas no llegaba la calefacción ni el vídeo comunitario. En la huerta me sentía aislado, fuera del mundo. Nunca me apasionó vivir entre limoneros, jamás me llegué a sentir integrado en aquel sitio en medio de la nada. Tal vez Garre tuviera razón. Yo jamás había estado del todo allí.

Mis tres hermanos, bastante mayores que yo, se casaron y levantaron sus casas cerca de mis padres. Juan y Emilio, en el mismo carril. José Antonio, el mayor, dos kilómetros en dirección al pueblo, pero también rodeado de limoneros. Yo fui el único que decidió alejarse. En 2004, tras seis años de noviazgo, me casé con Raquel, a quien había conocido mientras estudiaba Historia del Arte, y compré con ella un pequeño apartamento en un barrio cerca de la ciudad. «Este te ha salido un señorito de la capital», le dijeron los vecinos a mi madre. «Nos ha mirado siempre por encima del hombro», comentaron algunos. Y es posible que algo de razón tuvieran. Porque es cierto que necesitaba salir de allí. Marcharme lejos de aquel lugar. Sin embargo, no fue una decisión fácil. Mi padre había muerto en 2003 y mi madre, después de una trombosis que le había arrebatado la movilidad y mucha de su lucidez, se iba a tener que quedar sola, con la chica que había comenzado a cuidarla. Yo era el hijo menor y mi deber era hacerme cargo de ella. Mi mujer tendría que haberlo comprendido. Eso era lo que venía conmigo. Te llevabas un marido y heredabas lo que venía con él. Así eran las cosas en la huerta. Así tenían que haber sido.

Soy consciente de que más de uno no ha entendido aún cómo pude hacer lo que hice, cómo pude dejar a mi madre e irme a vivir cerca de la ciudad. «Los jóvenes ya no respetan nada. Todo se ha perdido. Las formas, las tradiciones, el pasado. Ahora la gente quiere su propia casa. Vivir lejos. Cuantas menos obligaciones, mejor. Así va el país, y el mundo. Ya no se respeta nada.» Me pitaban los oídos de oírlo. Y eso que nadie se atrevió a decírmelo nunca a la cara. Pero sabía que lo pensaban, que cuchicheaban entre ellos. «Cómo te has escapado de aquí, ¿eh? Te vas a cargar los pocos años de vida que le quedan a tu madre.»

Tuve que ser egoísta y hacer mi vida. Aquel sitio, ya no solo la huerta, sino aquella casa que poco a poco se había ido poblando de enfermedades –primero la Nena, luego mi padre, y después mi madre–, me absorbía la energía. Salir cada mañana hacia la universidad era un respiro. Regresar, una condena. No entiendo cómo pude terminar de escribir algo en aquel espacio denso y sombrío. Al final ni siquiera me servía la especie de búnker que me había construido en una esquina del patio para intentar leer y escribir.

Quería salir de allí y vivir lejos de la familia. No toleraba las preguntas constantes de los primos y las cuñadas. «¿Adónde vas tan tarde? Vaya coche te has pillado. Muchas cenas fuera y luego no hay para comprar Reyes a tus sobrinos.» No soportaba que nadie me controlase. Pasé mi infancia y mi adolescencia en un panóptico doméstico. Quería vivir con mi mujer fuera de esa zona de control. No importaba dónde; solo quería estar lejos de allí. Afortunadamente, Raquel tenía la misma sensación. Y una experiencia semejante. Salir de la huerta, salir del control de los vecinos, llegar a un territorio en el que no estás obligado a saludar al vecino de abajo, en el que nadie entra en tu casa sin avisar, en el que nadie fiscaliza lo que compras, lo que haces, cómo vistes, la hora a la que entras o sales. Vivir como uno quiere. Eso es lo que deseaba. Esa sigue siendo mi máxima conquista. Haber logrado una fortaleza inexpugnable. Un hogar hermético en el que solo entra quien es invitado.

La huerta había quedado en el pasado. Sobre todo tras la muerte de mi madre. Allí seguían viviendo mis hermanos, mis sobrinos y mis primos. Allí permanecía también la casa que me tocó en herencia y que pronto comenzó a derrumbarse. Allí estaba mi infancia, es cierto. Pero yo no quería volver a vivir en aquel rincón. Ni en aquella casa ni en aquel carril. Y, sin embargo, cada vez que visitaba a mis hermanos y miraba a lo lejos la casa, cada vez que pasaba con el coche por la carretera que atravesaba aquel paraje, sentía el aguijonazo de la nostalgia. Una nostalgia contradictoria. Porque uno siente nostalgia de las cosas que anhela volver a tener, un dolor de lejanía, una añoranza del regreso. Y si algo tenía claro yo en ese momento era que allí no quería regresar jamás. Y, a pesar de todo, algo se movía en mi interior cada vez que cruzaba la huerta. ¿De dónde procedía esa sensación? ¿Era mi propio origen, que me reclamaba? ¿Era la llamada de una tierra que nunca supe escuchar?

La tarde en que regresé del tanatorio y me detuve unos segundos ante la casa de mi amigo, sentí cómo volvía a mí esa nostalgia paradójica. En aquel lugar había ocurrido lo más oscuro, lo más terrible. Y, sin embargo, ese espacio seguía siendo un origen. Un origen que ejercía sobre mí un impulso inexplicable. Atracción y refracción. Una fuerza diagonal que tiraba de mí hacia abajo y al mismo tiempo me expulsaba de allí. Una energía extraña que amenazaba con resquebrajarme.

Cuida de mi Nicolás.
Lo dice su madre el primer día de colegio. Es lo que recuerdas. La primera imagen que tienes de él. Una frase. En la fila del colegio. El primer día, uno junto al otro. Los dos lloráis. Ninguno quiere quedarse solo. Pero entonces oyes la frase de su madre. Y observas la mano de Nicolás aferrándose con fuerza a su vestido.
Cuida de mi Nicolás, te vuelve a decir.
Y en ese momento dejas de llorar y agarras su mano. La mano de Nicolás.
Esa es la frase fundacional. El principio de un mandato. A partir de ese momento, intentas hacerlo. Sientes la responsabilidad. Cuidar de Nicolás. Ser su protector, su armadura, su caparazón ante el mundo.
Miguel Ángel es la piel de Nicolás, dirá a tu madre años después doña María Ángeles. Y ella lo repetirá siempre que tenga ocasión para hablar de vuestra amistad, para alabar tu responsabilidad, el compromiso con tu amigo.
La piel de Nicolás.
Fue así el primer día de parvulario. Siguió siéndolo después, durante la EGB. También en la catequesis, y el

tiempo en que ambos fuisteis monaguillos. Incluso después, en la autoescuela, mientras él aprendía a conducir el coche que ahora no está en la explanada. La piel de Nicolás, piensas. La piel y nada más que eso. Porque nunca has sabido realmente lo que hay más allá de esa epidermis. Has sido piel. Armadura. Puerta. Pero nunca has logrado acceder a su interior. Tal vez por eso ahora no entiendes nada y te desarmas. Como la piel vacía de una serpiente. El vestigio inerte de un cuerpo que ahora se encuentra en otro lugar.

5

La conversación con Garre y mi cuñada y la contemplación de la casa de mi amigo abrieron con violencia la compuerta del pasado. Durante semanas intenté mirar para otro lado. Tenía que terminar la novela que estaba escribiendo, *El instante de peligro,* y el recuerdo de aquel tiempo ocupaba demasiado espacio en mi mente. Quise quitármelo de encima y relegarlo a un segundo plano, pero no importaba lo que hiciera o adónde fuera: la historia reclamaba su lugar. Lo hacía en cada visita a la huerta, en cada conversación con mi hermano Juan en la Nueva Condomina mientras el Real Murcia volvía a perder, en cada encuentro con mis sobrinos..., pero, sobre todo, comenzó a hacerse presente algunos sábados por la mañana, cuando almorzaba junto a mis hermanos en El Yeguas, un pequeño merendero de la huerta ubicado en una de las veredas que conducen hacia el pueblo de Los Ramos.

El Yeguas había sido la segunda casa de mi padre. Mi madre llamaba allí directamente para que le avisaran de que la comida estaba en la mesa o de que la cena se estaba enfriando. Cuando murió, la corona de flores más grande sobre su ataúd no fue la de Tus hijos, Tu mujer o Tus nietos, sino la del Bar-Merendero El Yeguas.

Los dueños del bar –los hijos del Yeguas, que a principios de los noventa reabrieron la antigua taberna de su padre– son como de la familia. En una pared del comedor, enmarcado como si fuera un cuadro, decidieron colocar un recorte de prensa con una foto mía. «Escribir el libro sobre la muerte de mis padres me salvó la vida», reza el titular. Mis hermanos, orgullosos, suelen sentarse cerca de esa foto. Y también cerca de esa foto nos encontramos los cuatro al menos una vez cada dos meses para almorzar juntos y ponernos al día. Ellos lo llaman almorzar, aunque para mí es desayunar. A las diez de la mañana llevan ya medio día despiertos y hacen frente sin problemas a una fuente de morcillas, tocino, carne asada y varios vasos de vino. Yo acabo de levantarme y todo eso se mezcla en mi estómago con el café con leche y las tostadas que todavía no he comenzado a digerir.

Entro allí con los ojos aún hinchados de haber trasnochado y el bullicio me despabila. Cuando cruzo la puerta de aluminio y la persiana de tirillas, tengo la sensación de estar viajando al pasado. Como en los pasajes parisinos que tanto hicieron reflexionar a Walter Benjamin, en El Yeguas permanecen los latidos de un mundo que hace tiempo comenzó a extinguirse, los estertores de un modo de vida que nunca más volverá. Allí me encuentro con el tractorista, con el escardador que injertaba los limoneros, con el que los fumigaba, con el que decidía el orden de riego los días de tanda, con el guardia de la Torre, con el albañil que nos construyó las cocheras, con el que vendía lotería, con el Coreano, con el Fao, con el Nenico, con el Pepele, con el Litri, con el Churrispas..., con muchos de los rostros que pueblan los recuerdos de mi infancia. Allí siguen, la mayoría jubilados, otros tantos en el paro, bebiendo revueltos de anís y jugando al dominó y a las cartas, pero también enviándose vídeos por WhatsApp y subiendo a Facebook fotos de la romería del pueblo. Porque El Yeguas es una puerta al pasado, un vestigio de la huerta, pero tiene wifi y Movistar Plus para ver los partidos del Madrid.

Desde que comencé a pensar en la posibilidad de escribir este libro, almorzar en El Yeguas se convirtió para mí en algo diferente. Volver allí ya no era solo reencontrarme con mis hermanos tras la muerte de nuestros padres, también comenzó a tener que ver con la literatura, con ese otro universo que tan alejado he creído siempre de mi origen. Mientras escribía o pensaba escribir esta historia, sentía que mis dos mundos se encontraban. Y tuve la oportunidad de comprobarlo el día que mi hermano Emilio dejó caer en el bar que yo quería escribir sobre el crimen de la casa de la Rosario. Hasta ese momento, ninguno de los que almorzaban en El Yeguas cada mañana se había interesado por nada de lo que había escrito. Aunque de las paredes colgasen varios recortes de prensa, en el fondo nadie sabía de qué trataban aquellos libros sobre arte y estética que yo publicaba. Sin embargo, el mero hecho de nombrar el crimen de la casa de la Rosario comenzó a congregar parroquianos en torno a la mesa. Iba a escribir sobre algo que incumbía a todos. Por primera vez, lo que yo hacía, mi trabajo, parecía tener cierto sentido.

El primer día el asunto se puso sobre la mesa al final del almuerzo, cuando ya nos habían servido la botella de orujo de hierbas y los pastelillos de cabello de ángel. Abrí la aplicación de notas del móvil y me dispuse a apuntarlo todo, como si en ese momento se hubiese iniciado el verdadero proceso de documentación para la novela. Aún no sabía si más adelante realizaría alguna entrevista formal, ni tenía la menor idea de cómo emplearía esa conversación, si es que al final la aprovechaba de alguna forma.

Me pareció que todos tenían algo que decir. Y todos querían decirlo.

–El Caín murciano. Lo recuerdo perfectamente. Ese era el titular de la prensa.

–Fue tremendo. Lo más gordo que ha pasado nunca por aquí.

–Como Puerto Hurraco.

–Tenían algo entre ellos. Además, algo se olían los padres.

–Él era un pervertido, como toda la familia. Unos raros. No hay más que mirarlos a los ojos.

–Ahí queda mucha tela que cortar.

Mucha tela que cortar. Aquello no estaba olvidado. Nada se había resuelto. Las interpretaciones y especulaciones habían seguido creciendo con el tiempo. Eran las mismas afirmaciones que había oído de boca de Garre. Todos hablaban, pero muy pocos tenían algo que aportar realmente.

Uno de los propietarios del bar, Antolín, el más joven de los hermanos, quiso también participar de la conversación:

–Yo lo vi esa madrugada. Me había levantado y lo vi pasar con el coche a toda prisa sobre las tres y media de la noche. Ni me saludó.

Antolín lo dijo compungido. Él también había jugado al fútbol con nosotros en el parque y en los huertos de acelgas. Quizá fuera el último que lo vio con vida. Eso, al menos, no era una habladuría. Nicolás había subido en coche hacia el Cabezo por aquel camino y no por Alquerías, que también era una opción. Había huido por la huerta. La había atravesado. Yo aún no sabía que, más tarde, ese dato en apariencia irrelevante me sería de cierta utilidad. De momento, simplemente lo apunté.

Igual que apunté lo que dijo mi hermano Juan, que siempre esperaba a que todos hablaran para tener la última palabra. Él había entrado esa noche con mi padre y había podido observarlo todo:

—Yo sí que vi lo que pasó. Estaba lleno de sangre. Todo. Es lo que recuerdo. Las manchas de sangre en el techo.

—Pero ¿cómo entrasteis? —pregunté.

—Nos metimos el papá y yo hacia adentro, sin preguntar. Hasta que la Guardia Civil nos sacó de allí. Pero recuerdo que la Rosi estaba tirada en el suelo. Dios... No se me va a ir esa imagen en la vida. Y la sangre. Toda la sangre.

—La mató con el radiocasete —especificó Antolín—. Eso dicen.

—Yo no lo sé, pero el radiocasete estaba destrozado. Y había sangre por todas partes. En las sábanas. Por las cortinas. Hasta en la lámpara. No he visto tanta sangre en mi vida.

—Seguro que el informe forense tiene que explicar lo que pasó —comentó mi hermano Emilio.

Entonces, de nuevo, volvieron las especulaciones:

—Se le cruzaron los cables.

—Eso venía de antes.

—Seguro.

—Ese no estaba bien del perol.

—Está claro.

—Ahí pasaba algo que no sabemos.

—El informe —repitió Emilio—. Ahí tiene que estar todo.

53

—Supongo —dije yo—. Pero no creo que sea fácil de conseguir.
—Yo conocí a uno de los guardias civiles que llevó el caso —intervino Juan—. El que nos hizo salir de la habitación. Pero he perdido el contacto.
—Y si no... —concluyó Antolín señalando hacia la esquina de la barra—, siempre tienes a Abellán.

Abellán había sido policía nacional, y aunque la investigación del asesinato la dirigió la Guardia Civil, él había seguido muy de cerca el caso. Vivía en la huerta y no pudo evitar implicarse en lo sucedido. Ahora estaba en reserva y pasaba las horas muertas jugando a las cartas en El Yeguas. Esa mañana llevaba un buen rato acodado en la barra, ensimismado, pero sin dejar de mirar de reojo de vez en cuando, seguramente atento a nuestra conversación. La prueba fue que reaccionó a la alusión de Antolín:

—Aquello está bien cerrado —dijo sin soltar su tercio de cerveza—. No hay ningún misterio. Está cerrado. Haz el favor —sentenció girando su rostro hacia mí—, no remuevas mierda.

¿Tienes hambre?, pregunta la Julia.
Asientes con la cabeza. Siempre tienes hambre, incluso ahora.

Se acerca al poyete de la cocina y levanta el trapo con el que cubre los dulces de Navidad. Turrones, almendrados, cascos de fruta escarchada, nevaditos, polvorones. No sabes qué elegir y tomas uno de cada. Los pones sobre una servilleta y empiezas a comerlos uno tras otro.

La comida lo apacigua todo. En el exterior, la tragedia. Aquí, los pasteles de la Julia.

Ella te ha comprado todos los dulces, desde pequeño. Todas las tardes un Bollicao, un Phoskitos, una bomba de chocolate, un bocadillo de Nocilla. De tus cien kilos, más de la mitad son los dulces de la Julia.

Con Nicolás compartiste muchos de ellos. Pero él nunca engordaba. No importaba lo que comiera. Su cuerpo era siempre fibroso. El gordo y el flaco, se mofaban los demás. En la escuela, en el fútbol, e incluso más tarde, en el pueblo, en la catequesis de confirmación. El gordo y el flaco. Y ninguna chica os miraba. A Nicolás no le importaba. Al menos, eso creías. A ti te rompía por dentro.

El gordo y el flaco. También en el viaje de estudios. Para los de tu colegio y para los del colegio que ese año viajó con vosotros. Pero una noche unas chicas os dirigieron la palabra. Os preguntaron vuestro nombre y se sentaron a vuestra mesa. No supisteis cómo actuar. Esa noche también tú fuiste tímido. Tanto o más que Nicolás. Al día siguiente desayunasteis con ellas en la misma mesa. Esa fue la vez que más cerca estuvisteis de ligar. Recuerdas la mirada cómplice de Nicolás. No sabes cuál de los dos estaba más nervioso. En el almuerzo se sentaron en la otra punta del comedor. Había sido poco, menos que eso. Pero no importaba. Es uno de tus recuerdos más felices. Y en él está Nicolás.

6

El último domingo de mayo y el primer sábado de junio se celebra en Los Ramos la romería de Nuestra Señora de la Huerta. Es la gran fiesta del pueblo. El domingo por la tarde los miembros de la Hermandad de la Virgen cargan el trono hasta la iglesia del pueblo, donde la imagen permanece hasta el sábado siguiente, cuando regresa en romería hasta su ermita de la huerta.

Desde el día que me fui de allí, todos los años mi hermano mayor me invita a la fiesta, especialmente a la cena del sábado, en el parque frente a la ermita. Nosotros te reservamos tu sitio, propone, por si acaso. Y yo siempre encuentro la excusa perfecta para decirle que no. En ocasiones, realmente no puedo —estoy de viaje o tengo alguna conferencia—, pero la mayoría de las veces —lo confieso— simplemente no me apetece ir. Ya he vivido bastantes romerías a lo largo de mi vida. Durante mi adolescencia fui cabo de andas de la Hermandad, cargué la Virgen, ayudé a preparar el trono, volteé las campanas de la ermita e incluso toqué en el órgano himnos y cantos religiosos a Nuestra Señora. Recuerdo aquellos días con claridad: las infinitas reuniones de la Hermandad la semana antes de la subida y la bajada, las discusiones y los reproches sobre quién carga más y quién esconde el hombro, los momentos de tensión durante el trayecto, la misa interminable en la parroquia, el dolor de pies y la inflamación del hombro al día siguiente, la incomodidad del traje de huertano, lo ridículo que quedaba en mi cuerpo contrahecho y, especialmente, la angustiosa sensación de ser durante unas horas el centro de las miradas del pueblo. No echo de menos nada de eso. Jamás experimenté la más mínima devoción para dar sentido a lo que allí ocurría. En el fondo, para mí no era más que una obligación, un compromiso del que no sabía muy bien cómo salir. Para mi hermano, sin embargo, sigue siendo el momento más importante del año. En cierta manera, vive para eso. Y no se trata tanto de devoción –que también– como de apego. Porque él talló la Virgen, proyectó la ermita e inició la romería. Y todo eso lo hizo cuando apenas era un adolescente.

Al principio de esta novela dejé escrito que en mi casa no había libros y que yo había sido el primero en llenar las estanterías de ellos. Pero no mencioné que esa misma casa estaba repleta de esculturas de barro y escayola y que mi hermano mayor es imaginero. Mis otros dos hermanos, Juan y Emilio, dejaron pronto los estudios y comenzaron a trabajar con mi padre en la fábrica de aluminio. También lo ayudaban en la huerta, lo acompañaban los días de tanda, desbrozaban las acequias y quemaban las ramas después de escardar. Pero José Antonio nunca quiso trabajar en la fábrica ni en los huertos. Desde bien pequeño, en las acequias, dejaba la corvilla y la azada a un lado y se entretenía haciendo figuritas de barro. De allí salieron los primeros cristos, vírgenes y santos. Es lo que siempre contaban mis padres, casi como una especie de mitología familiar: el surgimiento del artista de la huerta.

Le debo mucho de lo que soy. Entre otras cosas, el nombre. Él fue quien disuadió a mis padres de llamarme Cristóbal –en memoria de ese abuelo franquista sobre el que quizá algún día escriba una novela– y los convenció para que me pusieran Miguel Ángel, como su escultor predilecto, el gran Buonarroti. Al fin y al cabo, era mi padrino y alguna prerrogativa debía tener sobre mí.

A pesar de todo, apenas conservo recuerdos suyos en mi infancia. Se casó pronto y se marchó de la vivienda de mis padres cuando yo todavía no había cumplido cinco años, de modo que la memoria de aquel tiempo es una nebulosa. Lo que sí recuerdo con claridad es la sensación de asombro y temor extraño la primera vez que me encontré rodeado por las esculturas que, como en una cámara de las maravillas, se apilaban en las estanterías del salote. Figuras de barro y escayola que habían servido como modelos para sus primeras tallas en madera y que conservaban las marcas de lápiz que mi hermano utilizaba para trasladar la imagen de un material a otro. Intuyo que aquel paisaje visual, aquella galería de rostros, bustos, torsos y cuerpos desmembrados influyó en mi modo de ver el mundo y se grabó a fuego en mi retina.

El asombroso museo del salote solo conservaba parte de las esculturas de mi hermano, las que habían sobrevivido al paso del tiempo y a la iconoclastia familiar. En el pasado, mi abuelo materno –mi abuelo rojo– se entretenía pagando unas pesetas a mi hermano Emilio para que subiera allí a destrozar santos y a arrojar sus pedazos por la ventana. Era su manera de vengarse de quienes lo tuvieron encarcelado al acabar la Guerra Civil por lo que le oyeron decir ante la quema de la basílica menor de Elche: «Mira cómo arde Santa María, qué gloria más grande.» Lo contaba mi madre, cuando, tiempo después, ella misma se lamentaba de haber contribuido también a esa destrucción de imágenes durante los años en que intentaba reconducir la vocación de mi hermano hacia el trabajo administrativo en una caja de ahorros. Afortunadamente, la iconoclastia fracasó y hoy José Antonio es uno de los imagineros españoles más respetados. En cierto modo, yo entré a estudiar Historia del Arte influenciado por él y con una idea bien clara de lo que era el arte verdadero: sus esculturas religiosas. Luego todo cambió y me dediqué a escribir acerca de urinarios vueltos del revés, cuadros invisibles y performances extremas –el arte que hoy me interesa–. Pero hay cosas que, como historiador del arte, aún sé reconocer. Una de ellas es que mi hermano es bueno en lo suyo. Bastante mejor de lo que yo soy en lo mío.

Supongo que si no puedo evitar escribir estos párrafos ahora es por pura admiración –la que muchas veces me cuesta manifestarle–. Y porque creo que él abrió un camino que más tarde yo –de un modo diferente– pude transitar. Aunque él se quedara y yo me fuera, aunque él sea el artista aclamado y a mí, en la huerta y en el pueblo, la gente me siga conociendo como «el hermano del escultor». Un escultor que, como había venido haciendo desde que me fui de la huerta, el año en que yo había decidido que mi próximo libro iba a girar en torno al crimen de mi amigo, volvió a invitarme a la romería. Te reservamos tu sitio, insistió. Y por primera vez en mucho tiempo cambié mi respuesta habitual y le dije que sí, que contara conmigo, que allí estaría, de nuevo, viendo a su venerada Virgen llegar a la ermita. Desde luego, no me apetecía lo más mínimo admirar el adorno floral del trono, la nueva pintura del estandarte o el modo en que los porteadores levantan el trono a brazo y se emocionan cuando suena el Himno Nacional. La razón tenía que ver con algo muy distinto: estaba convencido de que asistir a la romería me iba a servir de algún modo para lo que quería escribir. Regresar esa tarde podría ser un modo de encontrarme con el pasado. Inconscientemente –o quizá no del todo– quería despertarlo, hacerlo denso, palpable, sentir que seguía allí, parado en el tiempo, dispuesto para mí.

En la más de media hora que pasamos Raquel y yo esperando a la Virgen no tuvimos un momento de soledad. Los saludos de los vecinos y conocidos se sucedieron uno detrás de otro:
–Hombre, cuánto tiempo.
–Estás perdido.
–¿Dónde te metes, que no se te ve el pelo?
–Ya te has olvidado de esto, ¿eh?
–El hijo pródigo...
A mí todo me sonaba a reproche e intentaba justificarme como podía: He estado liado, mucho trabajo, siempre me coincide con viajes, nunca estoy en casa, es verdad, tengo que venir más...
Pero intuía que ninguna disculpa era satisfactoria. Tampoco las evasivas a las preguntas indiscretas:
–¿Esta es tu mujer? A tu marido lo conocí así de chiquitín, cuando no era tan grande y gordo.
–Y los hijos, ¿para cuándo? Se os va a pasar el arroz.
–Los bautizaréis en la ermita, ¿no? Las fotos luego son muy hermosas, con Nuestra Señora de fondo.
–¿Y cómo te va por la capital? Qué pena da ver la casa de tu madre caerse a pedazos. ¿Cuándo la vas a arreglar y vas a volver a tu sitio?

Todo era una especie de *déjà vu*. En realidad, de eso era de lo que había huido. De ese control, de esa pulsión de chisme, de esa especie de derecho que parecen tener los otros a preguntar y a ordenar la vida ajena, y sobre todo de esa necesidad de justificación constante de las cosas que uno hace. Ahora, cuando escribo esto y miro de reojo mi perfil de Instagram y mis tuits, sé que no he escapado del todo, que sigo controlado, que continúo dando explicaciones de mis viajes, mis cenas, mis lecturas, mis acciones..., que aquel sistema de vigilancia se ha convertido en algo mucho más extremo. La única diferencia es que ahora soy yo quien se expone directamente a los demás. Ya no es necesario que pregunten. Yo soy mi propio centinela.

Esto lo pienso hoy, pero esa tarde las preguntas y comentarios de mis vecinos me hicieron revivir el control de la adolescencia. Y sobre todo me impidieron pensar y evocar con tranquilidad ese pasado que yo intentaba rememorar. Había ido allí como una especie de *flâneur* del tiempo, un paseante de la memoria, a traer el pasado al presente, en silencio, a cámara lenta. Pero el pasado no se apareció como una imagen fija, sin sonido, sino como un murmullo en movimiento. Y no tuve ni siquiera un momento para entrar sosegadamente en la ermita, el lugar en el que había pensado encontrarme con la presencia de Nicolás y abismarme en su recuerdo. En el fondo había ido allí para eso. Para despertar su memoria. Aquel era el espacio en el que había transcurrido nuestra infancia. Los domingos, como monaguillos, y después, en la adolescencia, preparando las lecturas de misa. También en aquella misma puerta habíamos pasado las tardes muertas, sentados en los bancos, jugando a las cartas bajo la sombra de los árboles, utilizando las naranjas como pelotas de baloncesto y las papeleras como canastas, o adivinando por el ruido y la velocidad el modelo de los escasos coches que circulaban por la carretera.

Aquella tarde no pude evocar con tranquilidad esa memoria —no con la tranquilidad con que lo hago ahora, mientras escribo—. El recuerdo de Nicolás llegó, no obstante, de un modo que yo no había previsto. Al menos hasta el momento en que distinguí el trono de la Virgen acercarse por la carretera hacia la ermita. En ese instante caí en la cuenta de lo que estaba a punto de suceder.

En la romería posterior al año en que Nicolás mató a su hermana yo ya era miembro de la Hermandad. Había ingresado cuatro años antes, nada más comenzar el instituto. A pesar de que seguía siendo un niño, era grande y robusto y ya podía cargar la Virgen sin problemas. Como de costumbre, ese año los quince miembros nos reunimos unas semanas antes de la romería para preparar el trono y la fiesta. Aquellos encuentros solían estar llenos de tensión. Allí salían todos los reproches del año anterior —los que cambian el paso, los que llegan tarde, los que nunca encuentran la camisa del traje de huertano y se ponen la primera que encuentran...—. Sin embargo, la reunión de 1996 fue calmada. La celebramos en la Alcaldía de Los Ramos, nadie recriminó nada a nadie y terminamos mucho antes de la cuenta.

Lo recuerdo todo con claridad, especialmente el momento en que el hermano mayor de Nicolás entró en la sala y se hizo el silencio. Se sentó en una esquina de la mesa de juntas y no abrió la boca durante el tiempo en que estuvimos reunidos.

Yo no me había encontrado con él desde el entierro de sus hermanos. En aquel momento no había tenido el coraje para acercarme a darle el pésame, ni a él ni a sus padres ni a su otro hermano. Y nada más verlo entrar pensé que esa podría ser una buena ocasión para hacerlo.

Pasé la reunión entera especulando sobre lo que podría decirle al terminar. Quería hacerle ver que en el fondo a mí también me dolía, casi tanto como a él, que Nicolás era mi amigo y que también yo había sufrido. Se me cruzaron por la cabeza algunas frases contundentes y profundas para mostrar mi cercanía a su dolor. Pero rápidamente caí en la cuenta de que lo que yo pudiera decirle solo hablaría de la mitad y que, con toda probabilidad, en su cabeza las cosas serían diferentes. Nicolás era una parte. Era su hermano pequeño, sí, pero también era el asesino de su hermana, de su Rosi. ¿Qué era lo que más le dolía a él? ¿Haber perdido a un hermano? ¿Haber perdido a una hermana? ¿Que su hermano fuera el asesino que acabó con la vida de su hermana?

Creo que esa fue la primera vez que me puse en el lugar del otro e intenté comprender la batalla que estaría librándose en su interior, los sentimientos contradictorios y la inconmensurabilidad de lo que había ocurrido. Quizá por eso, cuando acabó la reunión y pude juntar el coraje para acercarme a él, solo acerté a decirle:

–Lo siento mucho.

–Gracias –contestó.

Lo hizo sin apenas mudar la expresión del rostro, como si aquello no fuera con él. Solo durante un instante pude percibir en sus ojos el principio de unas lágrimas que no lograron aflorar. Fue un momento, quizá menos de un segundo. Un desbordamiento que no tuvo lugar. Enseguida todo regresó a la normalidad. Él se recompuso, se volvió y continuó hablando con el resto de los miembros de la Hermandad.

No logré entender aquello, esa inexplicable sensación de normalidad. Parecía que nada hubiera sucedido. En aquel momento confieso que me molestó. Supongo que esperaba verlo destrozado, con el rostro demacrado por el sufrimiento y los ojos hinchados de tanto llorar. Incluso había imaginado que ese año no vendría a la reunión, que no se vestiría de huertano para sacar la Virgen, ni se acercaría a la fiesta, ni mucho menos a la cena del parque y al baile de después. Pero allí estaba, el primero, como si todo siguiera en el mismo lugar, como si nada le doliese, como si su hermano —mi amigo— no hubiese matado a su hermana y se hubiese tirado por un barranco.

Después de aquel encuentro, no volví a cruzar una palabra con él —en realidad, con casi nadie de la Hermandad—, pero cada vez que lo veía, de año en año, me costaba mirarlo sin pensar en Nicolás. Era una prueba viviente de que aquella pesadilla había tenido lugar. Y año tras año, asombrado por su inalterable expresión de normalidad, yo no cesaba de preguntarme por su dolor, y especialmente, por cómo el tiempo podría ir reduciéndolo, mitigándolo o haciéndolo desaparecer. Pero todo eran especulaciones, porque en su rostro nunca pude advertir nada. Seguía siendo una frontera. Un muro infranqueable.

Esa misma mirada indescifrable fue la que encontré la tarde en que acudí a la romería buscando hacer palpable la historia sobre la que quería escribir. Al principio no me vio, concentrado como parecía estar en aguantar el peso del trono sobre su hombro izquierdo. Tuve tiempo de contemplarlo con detenimiento. A diferencia del resto de los miembros de la Hermandad, no había engordado ni había perdido el pelo, que seguía siendo completamente oscuro y brillante, como el de Nicolás. Parecía haberse quedado detenido en el tiempo. Tendría ya los mismos años que mis hermanos, cincuenta y bastantes, pero no aparentaba mucho más de mis casi cuarenta. Y eso fue lo que lo volvió todo aún más siniestro. Cuando, momentos antes de que la Virgen entrase en la ermita, nuestras miradas se cruzaron, me reencontré con la misma expresión de la tarde en que me atreví a decirle «Lo siento».

Me saludó con un gesto de cabeza. Nos mantuvimos la mirada solo unos instantes. Ignoro si verme allí después de tanto tiempo —ver al mejor amigo de su hermano— logró resucitar el pasado del mismo modo en que verlo a él lo despertó en mí. Por su expresión, nadie podría saberlo. Tampoco él podría intuir por la mía todo lo que estaba pasando por mi cabeza. Desde luego, jamás podría imaginar que esa parte primordial de su historia empezaba a estar presente en mí de ese modo, que aquello que él parecía haber intentado sepultar detrás de su aparente normalidad había comenzado a ser desenterrado y que yo pretendía traerlo al presente. Veinte años después.

Aquel reencuentro me hizo ser consciente de que el pasado no es solo una memoria inmaterial, una proyección mental intangible; el pasado es denso, respira, se mueve hacia nosotros. Acudí allí para evocarlo, como si fuera un objeto inerte y manejable, y me miró directamente a los ojos, con toda su vida, y con toda su muerte.

No me pude quitar esa sensación en toda la tarde, ni siquiera después, mientras cenaba con mi familia en el parque y apenas prestaba atención a las historias que mis hermanos contaban sobre mis sobrinos. Incluso allí no podía dejar de mirar de reojo hacia la mesa en la que estaba sentado el hermano de Nicolás y observar cómo seguía actuando con total normalidad, conversando con su mujer, riéndose, gastando bromas, disfrutando de la velada como si fuera uno más, como si el pasado no lo hubiera destrozado para siempre. Presentí entonces –lo hice por vez primera– que en esa normalidad excepcional que a mí siempre me había extrañado había algo de normalidad real, que las murallas que uno levanta para aislarse del dolor acaban a veces sirviendo a sus propósitos.

Creo que fue aquella noche cuando decidí que jamás intentaría hablar con él de lo que hizo Nicolás, que no hurgaría en su herida y que nunca trataría de derribar el muro que había construido. Y también fue entonces cuando me pregunté si podría escribir sobre su pasado y al mismo tiempo respetar su dolor. En ese momento no encontré la respuesta. Hoy sigo sin hallarla.

No te vayas, hijico. No me dejes sola.
Lo siento, Julia, necesito salir.
No aguantas en el interior. No puedes permanecer allí, también tú escondido. No eres un niño. Ya no.
Aún no ha amanecido del todo. La explanada continúa atestada de vecinos y agentes de la Guardia Civil. Es lo más parecido que has visto a una película. Una película de terror.
Intentas poner atención a lo que dicen los agentes, pero no logras oír nada. Entran en la casa. Por la puerta principal y por la del patio.
A los pocos segundos sale de allí tu hermano y todos se arremolinan a su alrededor.
¿Qué ha pasado, Juan? ¿Qué has visto? ¿Cómo la han matado? ¿Dónde?
A golpes, responde. En su habitación. La habitación de la Rosi. Está todo lleno de sangre. Hasta el techo.
La casa, piensas. El interior. Has entrado miles de veces allí. Pero nunca a esa habitación.
La habitación siempre ha sido una puerta cerrada.
La cocina. Un salón. Y, al fondo, la puerta. La misma

puerta que ha estado desde el principio en tu memoria. Porque la puerta es tu primer recuerdo de esa casa. Antes incluso de haber visto a Nicolás en la fila del colegio, está esa puerta. La puerta cerrada que se ve desde el teléfono. El teléfono de la Rosario. El único de la huerta. El teléfono desde el que llamaba tu madre. A tu tío de Almería, a tus tíos de Elche, incluso a tu familia de Argentina. Y, por supuesto, a tu hermano Juan durante sus veinte meses de mili en Canarias.

En el recuerdo es posible que hayas cumplido tres años. Tu madre permanece sentada en una silla de anea y tú, sobre su regazo, acabas de coger el auricular del teléfono verde que cuelga de la pared.

Oyes la voz de tu hermano al otro lado.

No le digas nada, advierte tu madre.

Tú, con la cabeza vendada, quieres contarle el accidente. Tu prima, la escopeta cargada y el disparo que casi te cuesta la vida.

Juanito, dices, me han pegado un tiro. Tengo la cabeza vendada. Parezco Senda, el indio de Yaki y Nuca.

Un juego. Una heroicidad. Y, al fondo del primer recuerdo, la puerta. La puerta cerrada. La habitación de la Rosi. El escenario invisible. El lugar del espanto.

7

Apenas dos semanas después de mi visita a la romería, terminé la última versión de *El instante de peligro*, justo a tiempo para presentarla al Premio Herralde, del que luego resultaría finalista. También acabé las clases y la corrección de exámenes en la universidad y pude al fin respirar. Aunque lo cierto es que no dispuse de mucho tiempo para hacerlo. En poco más de un mes mi vida iba a cambiar por completo. Me habían concedido una beca en la Universidad de Cornell para investigar sobre los usos del tiempo en el arte contemporáneo e iba a pasar el siguiente curso académico al otro lado del océano. Allí, en Ithaca, al norte del estado de Nueva York, tendría que volver al ensayo y dejar a un lado la narrativa, al menos durante el tiempo que durase la estancia. La beca me la habían concedido como historiador del arte, no como narrador. Así que el libro que tenía en la cabeza tendría que esperar hasta mi vuelta.

A pesar de todo, en el mes escaso que me quedaba para volar a Estados Unidos comencé a planificar seriamente la nueva novela. No me importó que todo se fuera a interrumpir en el plazo de unas pocas semanas; esbocé una posible estructura y pensé en cuáles podrían ser las fuentes a las que recurrir para informarme sobre lo que había decidido escribir.

El suceso había tenido su repercusión. La noticia apareció en todos los medios. Necesitaría saber qué dijeron los reporteros, cómo trataron el caso. No sería demasiado difícil encontrar los periódicos de esos días. También trataría de localizar las imágenes del telediario. Allí podría descubrir mi propio testimonio ante la cámara; saber lo que dije ese día y, sobre todo, volver a verme veinte años después. Mucho más difíciles de encontrar serían los informes judiciales y forenses. Aún no sabía cuánto.

Cuando me fui a dar cuenta, el mes de julio casi había llegado a su fin. Lo había pasado haciendo esquemas y trazando posibilidades. Solo al final, cuando apenas me quedaba una semana para partir, intenté buscar algo de información para llevarme a Ithaca.

En las webs de los periódicos nacionales no aparecía una sola palabra al respecto, ni el 26, ni el 27, ni el 28 de diciembre de 1995. Y los periódicos regionales que recogieron la noticia, *La Verdad* o *La Opinión*, habían iniciado sus hemerotecas digitales en 2006 y 2008, respectivamente. Tampoco hallé nada en las páginas de la radio o la televisión.

El mundo del pasado se situaba más allá de internet. Me pareció curioso comprobar los resultados vacíos en Google cuando escribía «el Caín murciano», o los nombres de Nicolás y su hermana. Nada; ni un solo rastro de su presencia. Imaginé por un momento a un historiador del futuro que solo contase con internet como fuente de información. Ahí está todo, solemos decir, pero lo cierto es que existe todo un mundo, el mundo real, que se encuenta más allá de la red. Reparé entonces en que si ese crimen se hubiera producido diez años más tarde, habría noticias en todos los lugares, restos fantasmas de información que andarían flotando en el ciberespacio hasta que alguien decidiese prestarles atención. E imaginé que si el asesinato hubiera sucedido ahora, las redes sociales arderían repletas de comentarios y especulaciones.

Pero no. Eso había tenido lugar en un tiempo anterior a internet. Ese pasado no pertenecía a este mundo. Estaba situado en la prehistoria. Historia antes de la era de la información. Por supuesto, no pude evitar pensar que todo aquello desaparecería para siempre con los testigos y que nunca habitaría ese mundo digital. Sin embargo, si yo acababa escribiendo algo y luego hablaba del crimen en alguna entrevista, o si el libro se digitalizaba y después circulaba por internet de modo legal o ilegal, traería el mundo del pasado hasta el presente. Yo iba a ser el responsable de introducir en el gran escaparate digital en el que vivimos un suceso que tal vez debiera permanecer oculto para siempre.

Meditaba sobre todo esto mientras exploraba en internet y no obtenía ningún resultado. Tenía que indagar más allá de la pantalla, en un mundo físico donde casi había olvidado cómo moverme. Lo constaté cuando, la semana antes de partir hacia Ithaca, entré en la biblioteca de la Facultad de Letras creyendo que allí seguía la hemeroteca y, al preguntar por ella, los bibliotecarios me miraron con cara de sorpresa. Hacía más de diez años que no consultaba nada allí e ignoraba que la hemeroteca tenía ahora un edificio propio en el campus.

Cuando por fin logré encontrar la nueva ubicación y pregunté por los periódicos pasados, tuve que bajar la mirada y sentir de nuevo la vergüenza:

–Aquí no guardamos eso. Solo revistas académicas.

Salí sofocado y con la sensación de habitar un mundo diferente. ¿Dónde había estado yo metido? Tendría que buscar en el Archivo Municipal, si es que todavía seguía en pie. Allí seguro que conservarían los periódicos. Podría haberme presentado al día siguiente, pero decidí dejarlo para la vuelta. No tenía mucho sentido entrar rápidamente en el archivo, fotocopiar los periódicos y llevarme un buen paquete de folios de viaje. Iba a necesitar tiempo para examinarlo todo con detenimiento. Buscar la noticia, pero también demorarme en las páginas de aquel tiempo. Repasar los estrenos de cine, las películas que no pude ver, todo lo que me perdí esas navidades por estar de duelo, los resultados del fútbol, los anuncios por palabras, las noticias de la semana. Necesitaba unos días que en ese momento ya no tenía.

Y algo más que tiempo precisaba para conseguir acceder al archivo de RTVE Murcia. Llamé a todos los números que encontré en internet. Al director de programas del centro territorial de televisión, al director de informativos y al encargado del archivo. Pero no logré nada. Lo que yo demandaba parecía demasiado difícil de obtener. Muchos de los archivos se habían trasladado. Y no iban a poner a nadie a remover cielo y tierra para encontrar esas imágenes simplemente porque yo lo pidiera.

En ese momento me rendí –esa fue la primera vez que lo hice; la primera de tantas–. Me rendí y me sentí aliviado. En el fondo, temía encontrar lo que buscaba. Y el hecho de que la hemeroteca de la universidad no conservara los periódicos o que en la televisión no quisieran ayudarme a encontrar el vídeo me liberó. Me dejó marchar tranquilo. Relativamente tranquilo.

Llegan los hermanos. Los dos, en el mismo coche. Aparcan delante de la casa. Reclaman su lugar. La gente se aparta. En la explanada se hace el silencio. Todos observan la escena. Bajan y se abrazan al padre. Mi Rosi, mi Nicolás..., comienza a decir el padre. Cállate, le susurran, no hables más. Todo se oye. Todo resuena. Varios cohetes rompen el silencio. Son las siete de la mañana. La Navidad se celebra en el pueblo de al lado. Ha nacido el Salvador, el Mesías, el Señor. Adviertes la paradoja. Y en ese momento regresa a tu mente Nicolás. Lo recuerdas agachado, con los dedos en los oídos, la cara tapada, aterrorizado, como si estuviera ante el fin del mundo. Y también corriendo, desapareciendo sin decir nada a nadie, huyendo del estruendo. El inicio de una guerra.

Él llorando; él corriendo; él huyendo. Y todos celebrando. Las tracas de la romería, el castillo de fuegos artificiales, los cohetes por los recién casados, por los recién nacidos, por Cristo resucitado.

Y ahora, de nuevo, los cohetes en la huerta, estallando en mitad del cielo.

No sabes dónde está Nicolás, pero imaginas que al oír la explosión ha comenzado a correr, que busca el modo de escapar del ruido, la cueva donde sentirse protegido, la esquina, el parapeto, la cama, el sofá..., el refugio ante la tormenta. Y también piensas que ahora ese estallido es lo que menos importa. El estallido de los cohetes. Porque tal vez el rugido esté ahora en el interior de su cabeza. El estruendo, la explosión, el bramido del trueno. Atravesando su cerebro y reventándolo por dentro.

8

Me despedí de todos como si el viaje a Ithaca fuera para siempre. Me despedí de mis amigos cercanos y de los que hacía tiempo que no veía. Y quise hacerlo también de Juan Alberto, el primo de Nicolás, con quien había estado posponiendo continuamente una cita desde la tarde en que me lo encontré tras la presentación del libro de Sergio del Molino. El último viernes de julio, apenas dos días antes de salir para Estados Unidos, pudimos por fin encontrar la ocasión de vernos en un bar cerca de la universidad. Yo tenía que recoger varios libros del despacho y aproveché esa tarde para concertar la cita. Me entretuve más de la cuenta y le envié un mensaje diciéndole que me iba a retrasar. Cuando llegué, me lo encontré en el exterior del bar, caminando inquieto entre las mesas vacías de la terraza. No me extrañó verlo así. Hay gente que uno asocia con ciertas posturas. Y estar sentado no era precisamente la que yo vinculaba con Juan Alberto. En mi mente siempre aparece de pie, andando, corriendo, haciendo ejercicio, avanzando, moviéndose hacia delante.

Nos abrazamos y nos sentamos a una de las mesas del exterior. Hacía calor, pero a esa hora de la tarde se podía soportar con una cerveza, que fue lo primero que pedí en cuanto me acomodé en la silla.

–¿Cerveza, Miguel? –preguntó–. Cómo ha cambiado el cuento.

Habían pasado más de quince años desde la última vez que nos habíamos visto para tomar algo, y en efecto muchas cosas habían cambiado. Yo entonces sólo bebía Coca-Cola light y apenas probaba el alcohol. Mi vida se parecía mucho a la del protagonista de mi primera novela, un estudiante tímido y acomplejado que prefería quedarse en casa leyendo mientras los demás se divertían en los bares. Algo de él seguía anidando en mí, pero en los últimos años había logrado vencer algunos complejos y me había echado a la calle –y a la noche– a recuperar el tiempo perdido.

Esa tarde también nosotros quisimos recuperar el tiempo y pasamos varias horas poniéndonos al día. Como ya me adelantara la última vez, había conseguido la custodia compartida de su hija. Ese era el logro más importante de sus últimos años. Me enseñó algunas fotos en el móvil. Apenas me habló de su trabajo como policía, de su ascenso, ni siquiera de la chica con la que ahora estaba saliendo. Había conseguido estar con su hija y eso era lo único que parecía importarle.

Mientras él hablaba, yo miraba su pelo rubio rapado y su perilla incipiente, y por mucho que lo intentaba, no lograba imaginármelo en su papel de padre. Seguía siendo mi amigo de la adolescencia. El más responsable de todos, el más adulto. Parece mayor, decían las madres. Y realmente lo era. Yo quería ser como él. Decidido, abierto, campechano, valiente. Y también, lo confieso, tener su físico –envidiaba eso más que ninguna otra cosa–. El alemán, lo llamaban. No solo porque hubiera nacido en Alemania –sus padres, como tantos otros españoles, emigraron en los setenta–, sino porque era rubio, alto y tenía los ojos azules. En el viaje de estudios fue el único que logró besar a una chica. Al subir al autobús en Andorra, le dimos un aplauso.

En el instituto seguimos siendo inseparables. Hasta el final. Nos distanciamos cuando yo comencé la universidad y él, algo más tarde, entró en la Academia de Policía. Ahí perdimos el contacto. Y nuestras vidas comenzaron a marchar cada una en su propia dirección. A pesar de eso, siempre ha estado ahí. Cada vez que ha sucedido algo importante en mi vida, ha sido el primero y el más dispuesto. El día de mi boda fue uno de los testigos. Al acabar la ceremonia, me abracé a él y rompí a llorar.

Existe entre nosotros una especie de intimidad inexplicable. Es la relación que uno mantiene con los amigos de la infancia. Hay algo que queda ahí para siempre, una complicidad, una especie de amor fraterno que nunca caduca, que cada vez que nos reunimos se restaura.

–Te sigo por los periódicos –dijo tomando un ejemplar del *20 Minutos* que había sobre la mesa. Hizo el gesto de hojearlo y añadió–: A veces leo las noticias y digo: Hostia, el Míguel, cómo ha espumao.

Sonreí. Parecía estar al corriente de todo lo que había pasado en mi vida. En ocasiones veía a mis hermanos por la carretera y les preguntaba por mí. Sabía también que había escrito una novela, pero no la había leído.

–Entonces, te vas a hacer las Américas, ¿no? ¿Dónde exactamente? –preguntó después de un rato.

–A Ithaca, como Ulises.

Le expliqué que el pueblo estaba relativamente cerca de Nueva York y le conté lo que iba a hacer allí durante un año.

—Si puedo pillarme unas vacaciones y un billete barato, voy a visitarte una semana —comentó.

—Por supuesto —dije yo—, lo pasaríamos en grande.

Y en ese momento fui consciente de estar mintiendo. O de no ser sincero del todo. ¿De qué iba a hablar durante una semana entera con él? Nos habíamos puesto al día y ya no había más cosas que compartir. Teníamos una intimidad especial, es cierto. Haríamos cualquier cosa el uno por el otro. Pero el sentido tan distinto que habían tomado nuestras vidas hacía que, una vez puestos al día, la conversación no dejase de girar en torno a los días del colegio y el instituto. Ese era nuestro mundo común. Más allá de eso, éramos unos desconocidos. No podíamos hablar de cine, de libros o de música. Pertenecíamos a mundos diferentes y separados.

Por eso, aquella tarde no dejamos de hablar de nuestras bromas en el instituto, de los cuatro amigos que, salvo yo, acabaron en las fuerzas del orden —él, policía nacional, Carlos, policía municipal, y Fran, guardia civil—, de cuando se metieron en el armario en clase de latín y, al ser descubiertos por la profesora, se hicieron pasar por ropa colgada de las perchas, del balonazo que me soltó en la cara en clase de gimnasia o de cuando me escondió el libro el día antes de un examen y casi suspendo por primera vez en mi vida. Hablamos de mil cosas. Pasamos del colegio al instituto, de las gamberradas a las visitas a la huerta, de mis intentos frustrados de llegar en bici al Cabezo de la Plata a las sesiones interminables jugando al *Probotector* en la Nintendo. De lo único que no charlamos en ningún instante fue de Nicolás.

En realidad, nunca habíamos hablado de él después de la noche fatídica. Nicolás prácticamente había desaparecido de nuestras charlas, o tan solo aparecía de modo nostálgico en algún momento —«¿Te acuerdas de cuando le bajamos los pantalones a mi primo?» «Qué rápido era, el cabrón. No había manera de quitarle el balón»–, sin ninguna mención a todo lo sucedido. Ni mucho menos a lo que él había visto aquella noche. Ese momento era un punto ciego en nuestra conversación. Jamás me había atrevido a preguntarle cómo había encontrado el cadáver en el barranco, cómo había sido la búsqueda o cómo se había sentido después de eso. Aquel hecho parecía no haber formado jamás parte de nuestras vidas.

Sin embargo, esa tarde yo estaba dispuesto a que todo cambiase. Había quedado con él para despedirme –¿despedirme porque me iba un año después de haber estado toda una década sin vernos?–, pero en el fondo lo único que buscaba era encontrar el momento para hablarle del libro que tenía planeado escribir. De algún modo, quería buscar su aprobación.

Habíamos tomado ya varias cervezas y yo no terminaba de encontrar el modo de sacar el asunto a colación. Llevábamos más de dos horas allí y temía que Juan Alberto se marchara de un momento a otro.

–¿Un gin-tonic? –sugerí–. Te quiero contar una cosa.

–Vas fuerte. Pero dale.

Me levanté y lo pedí en la barra. Mientras lo preparaban y lo llevaban a la mesa, entré un momento en el baño, tomé aire y pensé en la mejor forma de plantearlo:

–Voy a escribir un libro sobre lo que pasó –dejé caer en cuanto regresé del baño.

–¿Cómo?

–Sobre Nicolás –concreté–, sobre aquella noche.

Juan Alberto tomó su copa, bebió un poco y se quedó mirándome unos segundos, sin saber muy bien cómo reaccionar. No conseguí discernir si se trataba de sorpresa o de incomodidad.

–Pero voy a tratarlo bien –añadí para evitar el silencio–. A Nicolás.
–Tienes que hacerlo –dijo al fin–. Era nuestro amigo. Y eso será así para siempre.
–Claro –contesté–, nuestro amigo para siempre. Eso es también lo que yo pienso.
Y le conté entonces que precisamente esa iba a ser la tesis del libro, el motivo para escribirlo: que, a pesar de lo que él supuestamente había hecho, me costaba mucho imaginarlo en otra posición, que mi relación con él no podía cambiar. Que siempre sería mi amigo.
Esbocé eso mientras hablaba, sin tener demasiado claro si era verdad o mentira. Más tarde pensé que probablemente esa era en realidad la idea que estaba detrás del libro que quería escribir: la imposibilidad de cambiar nuestro punto de vista sobre las cosas, o la toma de conciencia de que hay emociones que es difícil sustituir por otras.
Aparte de contarle mi proyecto, había pensado preguntarle por primera vez sobre lo que sucedió aquella noche, sobre lo que vio y lo que pudo averiguar después. También quería saber si más tarde, ya como policía, había conseguido enterarse de algo más, si había investigado, si había vuelto a interesarse por el caso. Tenía pensado incluso pedirle ayuda para localizar los informes policiales y los archivos de la investigación. Pero entonces apareció mi cobardía y no encontré valor para comentarle nada más. El modo en que Juan Alberto pronunció «era nuestro amigo» parecía clausurar la posibilidad de hablar de aquello. Su respuesta y su mirada no eran de apertura, sino de cierre. Ese lugar seguía siendo un escollo insalvable. No había manera de adentrarse en él. Al menos en ese momento.

—Quiero enterarme cuando lo publiques —acabó diciendo—. Ese sí que lo leeré.

—Vas a ser un personaje de novela —ironicé.

Él sonrió.

—Entonces ponme guapo y fuerte. Y con muchas novias.

Mi Rosi, mi Rosi..., clama ahora el padre mientras los hermanos lo llevan dentro.

Mi Rosi, mi Rosi..., se oye como un eco macabro conforme se aleja hacia el interior.

Todos miran y todos callan. Por un momento la escena es el padre y los hermanos. Por un momento la explanada es una platea.

Cuando los hermanos entran, en el exterior se hace el silencio. Y el vértigo de la quietud dura unos segundos que parecen no tener fin.

El interior de la casa es ahora de nuevo la escena. La escena que no ves. Pero hay también otro lugar, otra escena fuera de campo.

Nicolás.

Hasta hace un instante, la conexión estaba en la frase: Mi Rosi, mi Nicolás. Dos escenas invisibles. Ahora se ha roto el hilo de plata. Nicolás ha sido expulsado del lamento. Nicolás no está allí. Y por un momento también deja de estar en la frase. Es a la Rosi a quien han matado. Es por ella por quien hay que llorar.

Mi Rosi, mi Rosi. Pero ya nunca más mi Nicolás.

Te quedas solo en la explanada. Sientes que ha llegado el intermedio. Fin del primer acto. Los hermanos entrando con el padre y perdiéndose en el pasillo. Su voz, a lo lejos. La omisión de Nicolás, expulsado de la frase. La escena coincide con el amanecer. Cae el telón y se encienden las luces.

Y, por primera vez, comienzas a atar cabos. En tu mente la pregunta se transforma.

Ya nunca más ¿dónde estás, Nicolás?

Ya siempre, una y otra vez, ¿qué has hecho, Nicolás?

Ya nunca más el lugar.

Ya siempre la causa. ¿Por qué lo has hecho, Nicolás?

Y después, de nuevo, el abismo, la oscuridad, la nada que te engulle.

9

El año que pasé en los bosques del condado de Tompkins fue un año en blanco para la novela. En realidad, un año en blanco para mi narrativa. Necesitaba desconectar de mi vida en Murcia y volver a ser el historiador del arte que había dejado de lado durante los últimos años. Me recordaba al personaje de la novela que acababa de escribir, Martín, un historiador del arte que había abandonado la universidad por la literatura y que, en un centro de investigación de Estados Unidos, encontraba una nueva oportunidad. Mi existencia parecía una reverberación de lo que había escrito. O, en el fondo, sucedía que lo que había escrito era una especie de proyección de lo que quería vivir.

Sea como fuere, en Ithaca ese personaje que yo representaba no abrió un solo día el cuaderno que se había llevado con él y pretendió convertirse de nuevo en historiador. Y todo ello a pesar de lo literario que habría sido poder afirmar «escribí mi novela sobre Estados Unidos en Murcia, y escribí mi novela sobre la huerta en Estados Unidos. Necesité la distancia para escribir. Escribir de lo cercano desde lo lejano y quebrar el espacio». Pero eso no fue posible. No tuve el tiempo ni tampoco la disposición. No solo necesitaba concentrarme en leer y escribir ensayos sobre arte, temporalidad y obsolescencia y regresar a la tarea de historiador del arte, a la rutina de profesor de universidad. También ambicionaba vivir mi aventura americana sin mirar atrás en el tiempo, y mucho menos hacia aquella historia dolorosa. Aun así, las dos veces que regresé a Murcia durante el curso, ese pasado eclipsado salió de nuevo a mi encuentro, haciéndome saber que todavía estaba ahí, que no tenía la intención de marcharse y que, a mi retorno, no iba a poder escapar de él.

En noviembre volví unos días a España para la ceremonia de entrega del Premio Herralde. *El instante de peligro* había quedado finalista y no me importó cruzar el océano para ver cumplido un sueño. Fueron unos días de locura en los que apenas tuve tiempo para hablar con nadie. Las entrevistas se sucedieron y yo ya no sabía qué más contar sobre el argumento de la novela que había escrito o sobre lo que significaba ser finalista de ese premio prestigioso. Una de las últimas entrevistas antes de regresar a Ithaca me la hizo el periodista José Rocamora en RTVE Murcia. Llegué al estudio prácticamente sin dormir e intenté mantener el tipo como pude durante la más de media hora que duró el programa. Agoté rápidamente el botellín de agua que me habían preparado y a media entrevista tuvo que entrar alguien con una botella de litro y medio. Hablamos de las universidades norteamericanas, de la experiencia en Cornell, de mis problemas con el inglés o de mi doble condición de escritor y profesor. Al final de la entrevista, cuando ya estaba a punto de perder la voz, Rocamora, que había sido compañero durante el tiempo en que di clases en una universidad privada, formuló la inevitable pregunta sobre lo siguiente que pensaba escribir.

–Algo tengo en la cabeza –acabé contestando con la voz ronca–, pero todavía se encuentra en estado embrionario.

–Algo sobre tu experiencia norteamericana, supongo.

–Algo mucho más cercano –respondí–, un tema murciano. No puedo revelar más. Estas cosas traen mala suerte.

Al acabar la entrevista, Rocamora me dio las gracias y me dijo si podía contarle algo más fuera de micro. Le intrigaba que me hubiera ido tan lejos si en realidad quería escribir de tan cerca.

–No me dejes así –dijo–. No se lo contaré a nadie. ¿De qué va la cosa?

–Un crimen que sucedió en Murcia hace veinte años. Pero aún me estoy documentando. De hecho –me sorprendí comentando de forma espontánea–, hace un tiempo llamé para localizar las imágenes del informativo regional que emitía esta casa y prácticamente me dieron largas.

–Es que han movido el archivo –contestó él. Y tras unos segundos añadió–: Pero si me das un momento te pongo en contacto con alguien de televisión.

Salimos al vestíbulo del edificio y desde el mostrador de información hizo una llamada. A los cinco minutos bajó la redactora de informativos.

–Cati Martínez –se presentó.

Yo había leído su nombre alguna vez en los créditos de los noticiarios de Tele Murcia y, no sé por qué, la había imaginado mucho mayor.

Rocamora le dijo que yo buscaba una noticia del informativo de hace veinte años para el libro que estaba escribiendo.

–¿Hace veinte años?

–Sí –respondí–, diciembre de 1995.

–No sé si eso aún estará aquí. Se lo han llevado todo a Madrid y lo que queda está desordenado. ¿Para qué lo necesitas?

–Estoy escribiendo sobre un crimen. Mi amigo mató a su hermana y después se suicidó. Lo que busco es mi imagen hablando ante el periodista. Quiero enfrentarme a mi yo del pasado.

Mis palabras transformaron la expresión distante de su rostro. No sé si fue el tono literario de lo que dije. Pero el caso es que Cati se mostró inmediatamente dispuesta a ayudarme y apuntó los datos del día de emisión (el 26 o el 27 de diciembre) y mi número de móvil.

–Es muy difícil, pero lo voy a intentar. Si está ahí, te lo encuentro. Eso sí, no te hagas ilusiones.

Le di las gracias y salí de allí contento, entre otras cosas porque tenía la sensación de haber hecho algo por la novela. No me importaba tanto que encontrara o no las imágenes, lo verdaderamente relevante en aquel momento era que lo había intentado y que, si alguna vez relataba el proceso de investigación, podría decir que me había atrevido a preguntar. Era poco, casi nada, pero al menos era algo.

La mañana antes de regresar a Ithaca, mientras preparaba la maleta e imprimía los billetes de avión, recibí la llamada de Cati:

–Lo hemos encontrado –dijo con su voz perfectamente modulada–. Casi diez minutos. Están todas las declaraciones. También las tuyas. «Miguel Ángel, amigo del homicida.»

No pude ocultar la emoción.

–Puedes pasarte a verlo cuando quieras.

—Vuelvo en diciembre —dije—, para Navidad. Necesito verlo con tiempo para poder digerirlo.

—Por supuesto. Aquí lo guardo para ti. Buen viaje.

Después de colgar me quedé unos momentos pensando. Podría haber ido esa misma tarde o incluso la mañana siguiente, antes de partir. Pero, como acababa de decir, necesitaba tiempo para digerirlo.

Apenas un mes y medio después, regresé de nuevo a Murcia por unas semanas para pasar las navidades y promocionar la novela, que ya estaba en las librerías. Fueron, una vez más, días de locura. Presentaciones, entrevistas, cenas, comidas, reencuentros, borracheras..., resacas infinitas. Una fiesta perpetua.

Durante ese tiempo de celebración, era consciente de que las imágenes del telediario me seguían esperando. En el vuelo a Murcia había pensado en llamar a RTVE nada más aterrizar. Le había dado mi palabra a la periodista. Pero fui posponiendo el visionado día tras día, hasta que llegó la fecha de marcharme de nuevo y ya no me quedó tiempo para hacerlo.

Ahora pienso que, en el fondo, no quería verlas. Aquellas imágenes me habrían aguado la celebración. Habría sido como mirar el retrato de Dorian Gray y darme de bruces con el pasado. Quizá por eso preferí dejarlas de lado y alargar la fiesta, continuar viviendo el éxito, disfrutar de esa felicidad, intentar amarrarla con fuerza antes de que se desvaneciera para siempre.

No quería pensar en ese tiempo y a la vez me sentía culpable por mirar para otro lado. Tuve esa sensación especialmente durante la cena de Nochebuena. Cuando me senté a la mesa, caí en la cuenta de que precisamente esa noche se cumplían veinte años justos de la noche en que todo había ocurrido. Y también fui consciente de que, en esos veinte años, jamás había vuelto a rememorar aquella tragedia durante la Nochebuena. De algún modo, había dejado que las navidades siguieran siendo navidades. Al menos hasta que, por otros motivos, comenzaron a ser desdichadas.

La Nochebuena de 2002, justo a mitad de la cena, murió la Nena, que para nosotros era prácticamente nuestra abuela. Tenía más de noventa años. Fue la primera vez que vi morir a alguien. La Navidad del año siguiente, a pesar del duelo, mi padre se empeñó en poner el belén y celebrar la Nochebuena con toda la familia, cantando, bebiendo y tocando la pandereta. Era la fiesta que más le gustaba. Cada año, antes y después de la cena, nos reunía a los hijos y a los nietos y cantaba villancicos frente al belén. Ese año mi madre no cantó y lloró en su habitación recordando la muerte de su tía, que había sido como su madre. No podía imaginar que esa iba a ser la última vez que mi padre cantara al belén. Después de su muerte, el verano siguiente, la Navidad sí que no volvió a ser como antes, y ya nunca más pusimos el belén ni cenamos todos juntos. Cuatro años después, cuando mi madre murió, la Nochebuena definitivamente se convirtió en un tiempo de duelo y nostalgia.

Desde entonces cenaba con la familia de mi mujer, comía y reía y fingía que todo iba bien brindando por el futuro y la alegría, pero jamás dejaba de pensar en ese tiempo en que todos nos reuníamos en la gran casa y la huerta era una fiesta.

La Nochebuena que volví de Ithaca fue la primera en que, en lugar de evocar la alegría perdida y el paraíso familiar, rememoré la noche oscura en que mi amigo mató a su hermana. Cuando me dejé caer rendido sobre la cama después de los turrones y el cava, miré el reloj y vi que marcaba las tres y media de la madrugada. Pensé entonces que, veinte años atrás, mi amigo había hecho algo terrible, algo inimaginable. A esa hora todo habría sucedido. A las tres y media él ya la habría asesinado y habría huido en su coche.

Hice memoria e intenté recordar esa noche: a qué hora me desperté, qué fue lo que me hizo levantarme de la cama, cómo me enteré, cuáles fueron las primeras palabras que escuché. Me esforcé en evocarlo todo. Recordé la habitación de mi adolescencia. La oscuridad. Sentí el tacto de la cortina que a veces tenía que tocar para dormirme. ¿Cómo me desperté? ¿Qué fue lo primero que oí? ¿Cómo comenzó aquella pesadilla?

Fue entonces cuando oí la voz de mi padre. Grave y profunda. Le hablaba a mi madre. Presté atención y conseguí distinguir sus palabras:

–Han entrado en la casa de la Rosario, han matado a la Rosi y se han llevado al Nicolás.

Así empezaba todo. Así debía comenzar este libro.

II. El mar de niebla

Amanece. Hace frío. Por un momento, no tiene sentido continuar en la explanada. Ahí no hay nada que ver ahora.

La Julia vuelve a aparecer en la escena.

Vamos a la casa de la Asunción, dice, sus nietos se han quedado a dormir esta noche.

Es el argumento que utiliza para convencerte. Está Juan Carlos y, sobre todo, está María José. La Julia sabe que no te negarás.

Los de Murcia. Vuestros amigos de la ciudad. María José nació un día antes que tú. Juan Carlos, dos años después. Venían los sábados y los domingos. También las fiestas. Tenían los mejores juguetes. Tenían Simon. Tenían CinExin. Tenían figuras articuladas. Tenían balones de cuero. Tenían la canasta que colocaban sobre la puerta del patio. Tenían todo lo que tú querías tener. Y cuando venían lo compartían con vosotros.

Ahora vienen menos. Pero hoy están aquí. Han pasado la Nochebuena en casa de sus abuelos y tampoco entienden lo que ha sucedido.

En la mesa del salón sirven el desayuno. Te ofrecen un

vaso de leche con Cola Cao y galletas. Sigues con hambre, pero no quieres que María José te vea comer. Te sientas junto a ella en el sofá y, por un momento, todo se detiene. Siempre ha parecido mayor. Toda una mujer, decían. Una mujer que jamás se fijaría en ti. Porque tú eras el niño gordo de la huerta. Y ella, la chica perfecta de la ciudad. Pero no importaba. Lo asumiste pronto. Y, aun así, ansiabas estar a su lado. Desde el principio. Si acertabas las preguntas del Trivial o marcabas goles de tacón no era para ganar a Juan Carlos o a Nicolás. Solo querías ser el primero para impresionar a María José. Para que se fijara en ti durante unos segundos y así poder mirarla a los ojos.

Con Nicolás nunca hablaste de esto. Nunca hubo rivalidad ahí. Intuías que él no estaba interesado en ella. Nunca lo viste mirarla. Nunca del modo en que tú la mirabas. Nunca con deseo, nunca con amor. O al menos eso es lo que piensas, porque ahora sabes que nunca supiste leer a Nicolás. A nadie, pero mucho menos a él.

1

Regresé de Ithaca a finales de mayo de 2016. Mi aventura americana transcurrió en un abrir y cerrar de ojos. Aun así, volví con la sensación de haber puesto fin a un periodo. Aquí me esperaba la rutina. No volvía, como el protagonista de *El instante de peligro,* con una novela debajo del brazo. Pero sí con una plaza en la universidad. A los pocos días de regresar, aprobé la oposición de profesor titular de Historia del Arte y sentí que daba comienzo una nueva etapa de mi vida.

Debería haber terminado el ensayo sobre arte que había esbozado en la Universidad de Cornell y que podría haber sacado adelante en solo unos meses. Pero, al regresar a casa, la historia del crimen de mi amigo también volvió con fuerza y se interpuso en los demás proyectos. Cuando abrí el cuaderno negro que no había tocado en todo el año y releí las ideas, fragmentos y esbozos del libro que quería escribir, percibí con toda claridad que eran auténticos y que eso, y no otra cosa, era realmente lo que debía hacer. Así que, una tarde de finales de junio, me encerré en mi despacho, creé un archivo de Scrivener en el ordenador y decidí que me iba a dedicar en cuerpo y alma a la novela hasta darla por concluida.

No tenía demasiado claro por dónde empezar y, de modo instintivo, se me ocurrió buscar todas las fotos de Nicolás que guardaba en los álbumes que había traído de casa de mis padres y distribuirlas sobre el escritorio. Apenas había unas cuantas en las que se nos veía juntos. Las fotos del colegio, las del viaje de estudios, las de la primera comunión y las de la catequesis de confirmación. Eso era todo cuanto tenía de él.

En la mayoría de las fotos, sobre todo en las composiciones de grupo del colegio, apenas se distinguía su rostro. Tan solo en las instantáneas de la comunión se nos veía a los dos compartiendo primer plano. Yo abría la boca para comulgar y él me miraba de reojo.

Me fijé en su semblante serio y concentrado, en su pelo oscuro y brillante y en su flequillo largo cayendo sobre sus cejas. Permanecí varios minutos hipnotizado por la foto. Con el tiempo había llegado a olvidar su rostro. En mi memoria todo era impreciso. Nicolás estaba allí, pero yo lo había difuminado. Ese día, mientras contemplaba las fotografías, intenté enfocar su imagen y volver a situarla en primer plano, el lugar que a lo largo de casi media vida había ocupado.

Comencé entonces a evocar el pasado y decidí escribir todo lo que venía a mi mente. Desde el primer día que lo vi en la fila del colegio hasta la tarde anterior a la Nochebuena en la que sucedió lo terrible, sentado en la tapia de la explanada jugando al ajedrez con su primo Pedro Luis. Siempre estábamos los dos juntos. En ocasiones, alguien más. Pero él siempre estaba conmigo.

Nicolás y yo, subidos en un árbol, mirándonos en silencio. Nicolás y yo, escondidos en el río, esperando a que llegaran los intrusos de la huerta. Nicolás y yo, en la sacristía de la ermita, preparando las lecturas. Nicolás y yo en el viaje de estudios. Nicolás y yo subiendo en bicicleta al Cabezo. Nicolás y yo enganchados a la consola en mi habitación. Nicolás y yo jugando a las cartas en su casa. Nicolás y yo en la catequesis de confirmación. Nicolás y yo...

Los recuerdos llegaban como fogonazos. Cerraba los ojos y me trasladaba a mi infancia. Y sin embargo nunca dejaba de estar aquí, con mi consciencia. Imaginaba lo que podía ver o percibir en el pasado, pero esa imaginación permanecía anclada en el presente. Yo estaba allí, pero mi visión no era exactamente la mía. Era el niño que fui. Pero también el hombre que he llegado a ser. Era así como veía. Era así también como podía pensar en los recuerdos. A dos tiempos. La película y los comentarios del director.

Y en cada uno de los recuerdos, también, siempre, la mancha de la noche en que sucedió la tragedia, la oscuridad del crimen, como un cuchillo, cortando el flujo de la memoria. Un denso muro de niebla en el que se proyectaban las imágenes, como sombras chinescas, mezclándose con lo sucedido, adquiriendo la textura sombría del dolor, la perplejidad del instante en que Nicolás dejó de ser mi amigo y se convirtió en un ser monstruoso.

En el interior, todo gira en torno a Nicolás. Acomodado en el sofá, sientes que ellos comparten tu dolor. Juan Carlos y María José.
Ellos nunca han amenazado lo vuestro. Porque ellos llegaban y se marchaban. Compartían sus juguetes y vosotros les prestabais la huerta.
La huerta, vuestro espacio, vuestro campo de juego, vuestro paraíso secreto. Hasta que llegaron los del pueblo y descubrieron vuestro montón de arena, vuestro árbol y vuestra portería sin larguero en la entrada del huerto.
Los del pueblo. Lo recuerdas a la perfección: Tenéis diez años. Llegan un día y aparcan sus bicis. Son siete. Mayores. Os quitan el balón. Os insultan. Os amenazan y dicen que volverán al día siguiente.
Por primera vez os sentís descubiertos. Vuestro paraíso amenazado. Vuestra paz perfecta y serena a punto de ser desgarrada.
Al día siguiente no os atrevéis a salir de casa, pero planeáis la defensa del territorio. Pasáis el día pensando en la estrategia. Eres tú quien traza el plan. Nicolás no dice nada, pero obedece tus órdenes.

Recortáis flechas de papel y escribís en ellas: «Si tenéis huevos, venid a por nosotros.» Las repartís por los carriles para llevarlos al lugar de la emboscada.

Os escondéis en el cañizal del río, el parapeto perfecto. Esa tarde no os dan miedo las culebras ni las ratas. En el cañizal os sentís seguros. El cañizal es vuestro terreno.

Esperáis allí desde la hora de la siesta, con cañas recortadas a modo de flecha y bolsas llenas de piedras de arista. Cuando aparezcan por el carril estrecho, atacaréis. Aprenderán la lección. No volverán a molestar.

Durante varias horas aguardáis en silencio. Escondidos. Esperando el momento de la batalla. Estáis nerviosos. Os miráis y sonreís pensando en vuestro plan perfecto. Todo está justificado. Va a ser vuestra gran lucha.

Pasan varias horas y comienza a anochecer. Tenéis hambre, pero seguís allí, en silencio. La expectación se transforma en temor. ¿Habrán descubierto el truco? ¿Vendrán por otro lugar y seréis vosotros los sorprendidos?

Cuando creéis que ya nadie va a llegar, oís voces a lo lejos y os preparáis para atacar.

Las voces se mezclan y solo al final lográis distinguirlas.

Dejáis las piedras y las varas afiladas y salís del cañizal.

¿Es que sois tontos?, protesta tu hermano Juan.

Tu madre te coge fuerte por el antebrazo y te atiza varios cachetes. No abres la boca. A Nicolás su madre lo agarra de la mano. No le pega. Tampoco le dice nada.

¿De quién os escondíais?, pregunta tu madre.

Os miráis. Guardáis silencio. Es vuestra guerra. Y volvéis a casa derrotados.

Los del pueblo no llegaron ese día. Tampoco volvieron al día siguiente, ni en las semanas y meses posteriores. Pero el temor ya siempre estuvo ahí. Un enemigo invisible que podía regresar en cualquier momento. Vuestro territorio había sido descubierto. Y la bolsa de piedras de arista permaneció ya siempre con vosotros. Vuestra arma de emergencia. Ante cualquier amenaza.

Todavía sabes dónde la escondisteis.

Sientes la tentación de salir a buscarla.

2

Pasé varios días encerrado en el despacho. Escribí de un tirón todas las imágenes que me vinieron a la cabeza, una detrás de otra, sin ningún tipo de orden cronológico, sin saber todavía lo que podría hacer con ellas. Probablemente las ubicaría en algún lugar de la novela. O quizá ni siquiera las utilizase; no era algo que me preocupara en ese momento.

Mientras rememoraba, me sorprendió la distancia y el desapego con que lo hacía, como si Nicolás y su crimen apenas me importasen y los recuerdos no fueran más que anécdotas de mi vida. No era capaz de restituir las emociones que experimenté en aquellos momentos. Los describía, como si estuviese en una película, pero no lograba adentrarme en su interior. Eran imágenes fijas que apenas me tocaban. O lo hacían solo cuando ellas lo requerían, no cuando yo me lo proponía.

Tampoco lograba reconstruir lo que alguna vez sentí por Nicolás. Cuánto lo quise, lo importante que fue para mí, lo que supuso saber lo que había hecho, lo que significó perderlo para siempre. Esos días comencé a ser consciente de que jamás lograría evocar con fidelidad todo aquello, que ese pasado difícilmente vibraría en el presente con la intensidad con que lo había hecho en su día. Había echado tanta tierra sobre él, lo había escondido tan adentro, que jamás podría despertarlo. Aun así, fríos, congelados, esos años comenzaron a volver a mi vida. A mis días y, sobre todo, a mis noches.

Fue en ese momento cuando se desencadenaron las pesadillas. En ellas sí que logré sentir que el pasado vibraba, que la distancia y el desapego se disolvían y que las murallas que yo había construido para aislar aquel tiempo quedaban reducidas a escombros.

Nunca he prestado demasiada atención a los sueños en la literatura. Me parece un recurso fácil para hacer avanzar la acción y dotarla de cierto misterio. Sin embargo, aquellos días las pesadillas irrumpieron en mi vida con una violencia tal que resultaba imposible mirar para otro lado. Me despertaba sobresaltado, sudando y con mal cuerpo, y ese malestar ya no se iba en toda la mañana. Un contínuum entre la vigilia y el sueño. A lo largo del día vivía en la memoria, intentando dominar el pasado, y durante la noche, a través de los sueños, ese pasado me dominaba a mí.

No pude resistirme a registrar en un cuaderno alguna de esas historias oníricas:

«Estamos en la huerta. Todos los amigos de la infancia. Roberto, Silvestre, Pedro Luis, Nicolás y yo. Jugamos a algo que no recuerdo bien; a la canasta, creo. Él me abraza fuerte. Pero dice que solo quiere estar conmigo. Que se vayan los otros. Me dice que me quiere. Yo me conmuevo y le contesto que también lo quiero. Justo después se acerca y me besa. Aparto mi boca y él me mira extrañado. Volvemos a jugar y ya nada es igual. Todos lo temen. Hay algo en él que los intimida. Algo invisible pero que todos podemos sentir. En ese momento soy consciente de que yo lo he resucitado y me arrepiento al comprobar que he creado algo maligno. Siento esa fuerza extraña. Hay agua por todas partes. Me despierto con la boca pastosa.»

Desde la Nochebuena de 1995 había soñado con Nicolás en más de una ocasión. Y él siempre aparecía como si nada hubiera sucedido. En el mismo sueño yo me alegraba de verlo y alguna vez me despertaba con lágrimas en los ojos. En las pesadillas que tuve desde que comencé a trabajar en esta novela, él estaba vivo y yo me alegraba al verlo, pero en su comportamiento siempre percibía un elemento extraño, perverso, y mi alegría rápidamente se convertía en arrepentimiento. Volver a encontrarme con él era algo contra natura. Yo lo había resucitado. Y la culpa me corroía.

Eran sueños turbadores. Aunque aún más angustiosas resultaban las pesadillas en las que aparecía su hermana Rosi. Con ella no había soñado jamás. Pero desde el momento en que empecé a escribir este libro, su presencia se hizo cada vez más frecuente en mis noches.

Una de las pesadillas la recuerdo con especial desasosiego; probablemente sea la más vívida y real que jamás haya tenido. Quizá se deba en parte a que me asaltó tras una resaca de metanfetamina en la que mi percepción se vio alterada como nunca antes lo había hecho. Ocurrió después de la boda de un amigo escritor. Estuve varias noches viendo sombras, y cada vez que cerraba los ojos, las imágenes que acudían a mi mente parecían reales. De esa realidad formaban también parte las pesadillas. Y fue en ese contexto cuando soñé algo cuyo recuerdo aún me estremece:

Visito la tumba en el cementerio. Pero la tumba está en el Cabezo de la Plata. Es una especie de cuarto de aperos. Estoy en el Cabezo, pero al mismo tiempo es la huerta. Un espacio intermedio entre el secano del campo y el verde de la huerta. En ese lugar están los ataúdes, a la vista de todos. Entro al cuarto a dejar flores sobre las cajas. Al acercarme a la caja de ella, me doy cuenta de que está medio abierta y deja entrever sus piernas. Están llenas de heridas y moratones. Las heridas de las piernas comienzan a sangrar. Entonces ella se levanta del ataúd y me mira fijamente. «¿Es que no ves mis heridas?» Yo intento salir de allí, pero mi cuerpo se queda bloqueado. Le pido perdón y consigo escapar. En el exterior –que ya es claramente la huerta– comienzo a llorar.

Está allí mi madre, que se acerca a consolarme. «¿Has visto a la Rosi?», me pregunta. «¿Te has fijado si está embarazada?» Yo no sé qué decir y huyo también de ella. Aunque intento alejarme del lugar, vuelvo al mismo espacio, en el que ahora algo ha cambiado. Rosi ya no está en el ataúd, sino en un sillón, observando una especie de entierro en el que todos tenemos que decir algo sobre los muertos. Me toca el turno y digo que a Nicolás lo quiero, que es mi mejor amigo y que siempre lo he querido. Mientras hablo, noto la mirada de Rosi en mi rostro. Su cuerpo está lleno de polvo. Le pregunto cuánto tiempo lleva ahí. «Desde la primera noche», contesta. «Limpio la tumba y cambio el agua de las flores. Es lo que siempre he hecho.»

Mi madre, que en ese momento ha entrado también en el panteón, la besa en la cara y le toca la barbilla. «Ay, la Rosi...», dice.

Entonces, inesperadamente, ella toma un cuchillo, se levanta del sillón y comienza a caminar hacia mí. Sus piernas siguen sangrando. Las heridas parecen marcas de latigazos. La piel está abierta. Yo de nuevo intento salir de allí. Ella levanta el cuchillo en actitud de defensa más que de ataque y comienza a gritar cada vez más fuerte: «¡Ve a mi casa, ve a mi casa, ve a mi casa!» Yo tengo cinco años. Estoy montado en mi bici azul de cuatro ruedas. En la huerta, junto a su casa. Nicolás no aparece por ningún lado. Y las palabras de ella siguen resonando en mi cabeza. Es un grito que se convierte en un rumor, en un estruendo, un terremoto que hace que tiemblen las imágenes.

Me despierta el ruido de la máquina que limpia las calles. Mis ojos siguen humedecidos. Escribo el sueño antes de que se me olvide, sin saber aún qué significa.

Han encontrado el coche en el Cabezo de la Plata. Al lado de la tierra de la Rosario. Lo dice el abuelo de Juan Carlos y María José. Y todos comienzan a especular. ¿Cómo lo van a haber llevado precisamente allí, al Cabezo? A lo mejor tenían dinero guardado en la finca. Lo podrían haber obligado a subir allí. Han entrado a buscar el dinero, pero no lo han encontrado. La Rosi los ha descubierto y la han matado. Se han llevado a Nicolás para que les diga dónde lo guardan. Nada tiene sentido. Pero no dejáis de especular. Y a nadie se le pasa todavía por la cabeza lo más probable. Porque lo más probable tendría aún menos sentido. El Cabezo. Sabes bien dónde está. El pueblo en la cima de la montaña. Has subido más de una vez con él a jugar con su primo Juan Alberto. Subís en bici y tú nunca aguantas el pedaleo en las últimas cuestas. Te bajas y las subes andando. Es la gran aventura. Siete kilómetros en bicicleta. Nicolás, siempre delante de ti, marcando el ritmo. Tú, detrás, intentando seguirlo. Él nunca mira hacia atrás. No le importa lo que ocurra. Nunca frena, nunca regresa. Ni siquiera el día que te caes y te rompes un dedo de la mano izquierda. El día que le gritas dolorido que no puedes seguir. Nicolás sigue pedaleando sin mirar atrás. Continúa su camino hasta llegar al final. Solo entonces se vuelve y te mira extrañado. Espera inmóvil en la cima hasta que logras subir.

En el Cabezo paseáis por las ramblas y os llenáis los zapatos de barro. El Cabezo es otro paraíso. Igual que vuestra huerta. Otro espacio secreto. Un secreto que Nicolás conoce a la perfección. Como la tierra de sus padres. Eso es lo único que nunca has llegado a ver. Sabes que existe, pero nunca te ha dicho dónde está.

Así que ahora no puedes imaginar el lugar en el que han encontrado el coche. Solo piensas en el campo. En un campo abstracto. En una carretera junto a un huerto de almendros.

Alguien lo ha llevado allí en el coche. Es lo que intentas pensar. Pero ya no puedes hacerlo. Por mucho que te esfuerces. Por mucho que quieras. Ya no imaginas a Nicolás en el asiento de atrás, amordazado, indicando el camino. O en el asiento delantero, con una pistola apuntando a su cabeza y conduciendo hasta la tierra del campo. No. En tu mente Nicolás conduce solo. En tu mente, él aparca el coche, abre la puerta y comienza a correr. Nadie se lo ha llevado. Nicolás ha escapado. Intuyes la razón, pero aún no quieres asumir el porqué.

3

–La hoja del calendario se movía sola –comentó mi cuñada Mari Carmen–. ¿No te ha dicho nunca nada la Julia? Ella sabe el miedo que pasó.
 –Nada –contesté.
 Mi hermano Emilio había organizado un almuerzo familiar en su casa, y al final de la comida, tras atender pacientemente al relato de mi viaje a Ithaca, mi cuñada había tomado la palabra para decirme que tenía que escucharla con atención si quería escribir sobre lo ocurrido en la huerta. Había cosas que tenía que saber. Entre ellas, que poco después de la noche del crimen comenzaron a ocurrir sucesos extraños en las casas cercanas. Los calendarios se movían solos, a veces las luces se encendían por su cuenta, o se oían ruidos cuando no había nadie en casa.
 –Ahí ha quedado una energía negativa –concluyó–. Yo he estado tentada de llamar algún día a los del Grupo Hepta para que hagan una psicofonía, una limpieza kármica o algo así.
 Lo decía en serio. Ella y mi hermano eran aficionados a lo paranormal, y desde el momento en que supieron que había comenzado a escribir una novela sobre aquella his-

toria, creyeron que en realidad iba a escribir sobre espíritus, fantasmas, voces espectrales y energías diabólicas. Curiosamente, tiempo atrás, mi hermano también había empezado a esbozar una novela corta sobre lo ocurrido. Nunca había escrito nada antes, pero esa historia lo obsesionó tanto que llegó a atreverse a sacar del trastero la antigua Olivetti portátil que nadie sabía de dónde había salido y teclar algunas páginas durante las madrugadas, antes de irse a la cama. Según me contó después, una noche, mientras escribía, comenzó a intuir una bruma alrededor suyo y, poseído por el miedo, decidió quemar todos los folios y olvidarse de esa historia para siempre. Antes de eso, me había dejado leer algún pasaje para que le echara un vistazo. Solo recuerdo el comienzo: «El diablo ha venido a la huerta. Nos mira desde las ventanas. Acecha en cada esquina. Ya no podemos escapar de él.»

Durante un tiempo yo también creí. Veíamos películas de terror, hacíamos sesiones espiritistas, convocábamos al ánima de Verónica con las tijeras pendiendo de un hilo, sentíamos que estábamos rodeados de fantasmas y fuerzas del Más Allá, creíamos en los horóscopos y en las cartas astrales e incluso mirábamos al cielo buscando señales de una civilización extraterrestre. Ese mundo misterioso, que ahora para mí es exótico, habitaba con nosotros. Era real. Existía. Lo sentíamos. Recuerdo, por ejemplo, el miedo y la inquietud de la noche en que mi cuñada llamó por teléfono para alertarnos de que algo extraño acababa de aterrizar en la huerta. Una luz había cruzado el cielo y había caído en el bancal de limoneros frente a su casa. La tele había comenzado a hacer interferencias, y el perro, un pastor belga habitualmente tranquilo, no paraba de ladrar. Mi hermano Juan agarró la escopeta de caza, la cargó de cartuchos y comenzó a andar hacia el huerto. Detrás de él, Emilio alumbraba con la linterna y yo los seguía armado con una vara de hierro. No sé qué edad tendría exactamente, imagino que catorce o quince años, pero sí recuerdo perfectamente las palabras de mi hermano:

—Juan, por Dios, si ves algo no dispares, que puedes provocar una guerra planetaria.

Allí no había nada. Ni siquiera huellas o restos de algo quemado. El perro, sin embargo, continuaba ladrando. Murió al día siguiente.

Entrar en aquel huerto en medio de la noche era una escena cinematográfica. En nuestra mente estaban las imágenes de *Depredador,* de *La cosa* y de tantas y tantas películas en las que algo extraño cae en un lugar deshabitado y comienza a destruir todo lo que encuentra a su paso. Y no importaba si lo que allí estaba sucediendo era verdad o mentira, si había algo o no había nada. Caminábamos al encuentro de lo desconocido. No podíamos evitar el terror.

Después de aquellos años dejé de creer. Aun así, me siguen fascinando las películas de fantasmas y extraterrestres y la idea de que hay un mundo más allá del nuestro, más allá del universo material, tangible y constatable. Confieso que aún respeto ciertas cosas. No estoy totalmente cerrado. Dejo abierta esa posibilidad. Haberlas haylas. Aunque prefiero no pensar en ello.

Como quiera que sea, lo que yo quería escribir no era una novela de terror, ni una historia de fantasmas. O, al menos, los espectros, las voces del pasado y las imágenes perturbadoras no iban a pertenecer a la categoría de lo paranormal. Porque era cierto que en las últimas semanas yo había vivido rodeado de apariciones. Espíritus, fantasmas, voces, imágenes, muertos que volvían a la vida. En los sueños y en mi memoria.

No conté nada de eso a mi cuñada. No le dije que Rosi sangraba en las pesadillas ni que Nicolás escondía algo monstruoso en su interior y parecía estar poseído por una fuerza maléfica. Habría pensado que todo eso eran señales de los espíritus. Y tal vez lo fueran. Aunque de otro modo. Era mi propio sentido de culpa el que hablaba a través de ellos. Los muertos volvían porque yo abría sus ataúdes, porque mi escritura y mi recuerdo los resucitaba. La novela se había convertido en una especie de ouija. Había traído de vuelta a los fantasmas. Poco importaba que los objetos de mi mesa no se desplazasen por sí solos o que las puertas no se cerraran inesperadamente. Rosi y Nicolás me observaban. Los sentía detrás de mí mientras escribía. Habitaban dentro de mi mente cuando dormía. Estaban conmigo a todas horas.

Después de la comida, mi mujer regresó a casa y yo me quedé unas horas más en la huerta; mi hermano Emilio se ofreció a llevarme más tarde. Hacía calor, pero me apetecía pasear por los carriles de mi infancia. La escritura de todos aquellos recuerdos me había provocado la necesidad de volver a caminar por los lugares que había evocado. Las imágenes del pasado habían vuelto con fuerza a mi mente y deseaba sincronizarlas con la experiencia del presente.

Me dirigí hacia el río por el carril que hay frente a la que fuera la casa de la Julia y lo recorrí en apenas diez minutos. Todo había cambiado. Ni siquiera el río estaba ya allí. Después de las constantes inundaciones, el gobierno regional decidió corregir su curso a principios de los noventa y eliminó gran parte de los meandros. Eso sucedió antes del crimen, pero en mi mente el río todavía transcurría por allí, al menos en los recuerdos que tenía con Nicolás. Ahora todo era una gran explanada de tierra. Imaginé los partidos que podríamos haber jugado en aquel terreno si hubiera estado así en nuestra infancia.

En uno de los huertos, un vecino había montado un camping para autocaravanas. El carril, siempre solitario, se llenaba ahora los fines de semana de turistas nacionales y extranjeros. Me encontré con algunos durante la caminata e imaginé lo que habría sido oír hablar inglés, alemán o francés cuando éramos niños. Pensé en todo lo que había desaparecido, pero también trasladé a nuestro pasado ese presente que ahora veía. ¿Cómo habría sido nuestra niñez en la huerta después de los cambios?

La memoria es una cuestión de escala. Y ahora todo me resultaba diferente en tamaño. Recordé el árbol al que nos subíamos y sobre el que pasábamos las horas muertas, hablando o simplemente mirándonos, en silencio, esperando a que se pusiera el sol. No era excesivamente grande; nunca he sido demasiado hábil, y desde luego no podía ser muy alto. Probablemente ahora, desde mi altura, se vería minúsculo.

¿Dónde estaba exactamente? Lo pensé durante un momento. Un huerto al final del camino, cerca del río, en una de las esquinas, en lo más parecido al corazón de un bosque que había por allí.

Mientras recorría el carril, ese pensamiento me rondaba por la cabeza. Quería observar el árbol real, subirme de nuevo a él, comprobar el cambio de escala. Pero nada de eso pudo suceder. Allí no estaba el árbol, ni el huerto, ni siquiera los lindes o el camino que atravesábamos. Aquel espacio había sido borrado ahora por una mole de hormigón. Un gran chalet rodeado por una verja de hierro que impedía la entrada y la visión.

Me acerqué a la puerta y pude escuchar lo que debía de ser el chapoteo de los niños en la piscina. ¿Qué parte de la casa se habría edificado sobre el árbol de nuestra infancia? Habría sido poético que la piscina en la que ahora jugaban los niños contuviera la memoria de aquella pequeña atalaya. No pude llegar a ninguna conclusión. Era imposible situar mi mapa mental sobre ese nuevo espacio. Pero sí que pensé que, desde luego, había una superposición y que ambos mundos debían de tocarse en algún punto.

Me vino a la cabeza eso que Pierre Nora llamó «lugares de memoria». Durante un tiempo, especialmente desde los años noventa, las humanidades se interesaron por esas zonas que contenían lo que el historiador francés denominó «memoria fuerte». Espacios de batallas, ruinas, lugares de densidad mnemónica... Pero ¿qué pasaba con los otros lugares, los espacios de una memoria insignificante? En el fondo, pensé en ese momento, cualquier espacio habitado es un lugar de memoria. Aquel árbol ahora desaparecido lo era. Al menos para mí. También –supongo– para Nicolás. Allí los dos nos elevamos por encima del mundo. ¿Quedaría algo de aquella energía en el chalet que habían construido? Probablemente sus propietarios jamás hojeen este libro. Pero si por alguna extraña casualidad esto cayera en sus manos y pudieran leer este párrafo, averiguarían que, en el terreno que ocupa su casa, un par de niños, subidos a un árbol, creyeron ser libres y dichosos.

Regresé al inicio del carril y me encontré de nuevo con la antigua casa de la Julia. Aquel también había sido

115

otro lugar de memoria. Y allí tampoco quedaba nada del pasado, apenas el mismo espacio físico. Quienes compraron la casa mantuvieron la fachada, pero rehicieron todo el interior. Recuerdo el dolor de la Julia cuando tuvo que mudarse de allí. La vivienda estaba –sigue estando– pegada pared con pared con la de Nicolás. Yo la visitaba prácticamente todos los días, atravesando los huertos por la parte trasera. El último tramo lo hacía por un pequeño camino que discurría junto a la casa de Nicolás. Las dos únicas ventanas que daban a ese camino eran las de las habitaciones de Rosi y de Nicolás. Yo cruzaba siempre a toda prisa, intentando esquivar las avispas que abarrotaban los cientos de panales construidos en los huecos de los ladrillos sin enlucir. Rara era la semana que no recibía algún picotazo, sobre todo en verano.

Esa tarde, después de no haber conseguido encontrar el árbol de mi infancia, decidí tomar de nuevo ese camino que había sido una constante en mi vida. Todo estaba ahora enlucido y los agujeros de los ladrillos habían desaparecido. Supuse que con ellos también lo habrían hecho las avispas. No había comenzado a oscurecer aún, pero, entre la sombra de la casa y la de los árboles, la zona había quedado en penumbra. A lo lejos se oía el canto de las chicharras y de algún pájaro que no supe identificar. De nuevo, todo parecía mucho más pequeño de como lo recordaba. Las ramas de los limoneros prácticamente tocaban la pared y apenas quedaba espacio para caminar. Aun así decidí pasar. Quise demorarme en el paseo y me detuve unos segundos bajo la ventana de la habitación en la que todo había sucedido. Pensé en las palabras de Rosi durante uno de mis sueños: «Ve a mi casa, ve a mi casa, ve a mi casa.» En ese momento noté la nuca erizada y me sentí incómodo. ¿Qué hacía yo allí? ¿Qué buscaba? ¿Qué quería ver, oír o sentir? Recordé lo que había dicho mi cuñada. Una fuerza maligna. Algo perturbador. No sé si fue eso lo que percibí. Pero la sensación me desconcertó y aceleré el paso. Los apenas diez segundos que tardé en cruzar ese pequeño camino se me hicieron eternos. Las avispas habían desaparecido, pero sentí mi cuerpo masacrado de picaduras, como si todas las punzadas que había recibido en aquel camino a lo largo del tiempo volvieran a doler.

Era el miedo. Ahora lo sé. El aguijonazo del tiempo.

En el exterior algo pone en movimiento la escena. Lo oyes desde dentro. Es un rumor, un estado de ánimo que se percibe incluso desde el salón.
No salgáis, dice alguien. Intentan cerrar la puerta que da a la calle, pero tú logras asomarte. Y, a lo lejos, puedes verlo.
El cuerpo.
El cuerpo de ella, en una camilla, tapado por un paño de tela gris.
Vuelve adentro, no mires, no salgas.
Pero tú no puedes evitarlo. El cuerpo reclama todas las miradas. La tuya y la de los que siguen en la explanada. De nuevo, es una película. Pero aquí no hay música dramática. Tan solo el silencio de los gestos contenidos. Y el ruido de las ruedas de la camilla. El golpe seco al bajar el escalón de la puerta del patio. El golpe que sacude todo el cuerpo, atado por correas.
Dos camilleros lo suben al coche fúnebre. Sin ataúd. Directamente en la camilla. Puedes intuir los pies. Y también la forma del cuerpo.
Cierran la puerta y el coche se marcha. Te quedas un

segundo en el umbral y por primera vez piensas en la Rosi. Ella también ha estado fuera de escena. Y solo ahora por fin aparece. Velada. Oculta. En el límite de lo visible. Todavía no lo sabes —ni siquiera lo intuyes–, pero esa imagen ya nunca se irá de tu mente. El cadáver de la hermana de tu amigo. El secreto más temido. Debajo de todas las sábanas. De todos los cristos velados, de todos los cuerpos cubiertos. La forma de todos los fantasmas.

4

Cuando regresé a la casa de mi hermano tras el paseo por la huerta, el sol había comenzado a bajar y encontré a Emilio sacando algunas sillas a la terraza. La expresión de su cuerpo mientras las cargaba me recordó de inmediato a mi padre. Las caderas altas, el modo de moverse balanceándose hacia los lados, el gesto serio y concentrado. De los cuatro hermanos es quien más se le parece.

–¿No quieres sentarte un rato antes de que te lleve? –me preguntó al verme llegar–. Ahora viene Juan. Ha entrado a echarles de comer a las gallinas y vuelve enseguida.

–¿Dónde?

–A la casa de los papás. ¿No lo has visto? Ha convertido el patio en una cuadra.

–Por lo menos que se le dé algún uso –dije.

Mi hermano se me quedó unos segundos mirando y sentenció:

–Pues a mí se me cae el alma a los pies cuando lo pienso.

–Ya... –me excusé–. Voy a asomarme a ver lo que ha hecho.

Y caminé unos metros hacia el fondo del carril, donde se elevaba la casa en la que viví hasta que me marché de allí con veintiséis años. Fue todo cuanto me tocó en herencia. La casa, para el menor. Tras la muerte de mi madre, se quedó vacía y comenzó a caerse. Durante un tiempo me engañé creyendo que la arreglaría para volver a la huerta los fines de semana, pero rápidamente llegué a la conclusión de que no la usaría ni siquiera para eso. La única solución era intentar alquilarla. Pero la inversión para acondicionarla resultaba excesiva y no podía permitírmelo. Así que, para que no se cayera por abandono, durante algo más de un año la presté a unos vecinos que buscaban dónde vivir a cambio de que la mantuviesen y se hicieran cargo de los gastos. El trato no acabó bien del todo. Después de eso, di de baja el agua, la luz y el teléfono y dejé que se perdiera.

A pesar de todo, cuando esa tarde entré para comprobar lo que había hecho mi hermano y observé el gallinero que había montado entre el patio y la tenada, no pude reprimir que algo se removiera dentro de mí. Allí era donde mi madre cocinaba, donde incluso en invierno salía a preparar el desayuno a mi padre y a mis hermanos cuando tenían que trabajar temprano.

–No te importa, ¿verdad? –me preguntó Juan al verme entrar en el patio.

–Qué va –contesté–. Para que se caiga del todo, mejor que se aproveche para algo.

Y en el fondo era lo que pensaba, que al menos le sirva a alguien. Pero lo cierto es que no dejaba de sentir cierto remordimiento. Porque si aquella casa se caía la culpa era solo mía. Yo era quien la había dejado perder. Pero el mundo no es un museo, a veces las cosas caen por su propio peso y uno solo puede mirar cómo se desmoronan. Eso

121

era lo que me decía –me sigo diciendo– para consolarme por haber desatendido la memoria de mi infancia y de varias generaciones.

Mientras mi hermano terminaba de preparar el alimento para las gallinas, no pude evitar deambular durante unos minutos por la casa. No había entrado allí desde hacía varios años, prácticamente desde que los vecinos se habían mudado al pueblo. Me extrañó ver las cosas del salón en el mismo lugar en que estaban el día que mi madre murió. Los sillones, el sofá, la mesa, la televisión, la vajilla de los armarios, las figuras sobre el frigorífico... O los vecinos se habían adaptado a lo que había y en un año y pico apenas habían movido nada, o las cosas habían vuelto solas, como si tuvieran vida propia, a reconquistar su sitio, el lugar que les había pertenecido desde siempre.

Allí continuaban los dos sillones-mecedora, en torno a la mesa camilla, en el mismo espacio que invariablemente habían ocupado, como dos fantasmas, mirando hacia la ventana que se abría hacia el carril. Verlos dispuestos de esa manera me hizo contemplar directamente el pasado. Una escenografía sin personajes. El cuerpo de las cosas.

Uno de los sillones fue la Nena, hasta su muerte. Y después también mi padre, tras la trombosis. El otro, el más cercano a la ventana, fue mi madre. También la trombosis al final, pero sobre todo su depresión. Durante años y años. Esa es, sin duda, la imagen imborrable del salón. El atardecer en el exterior, la cortina corrida, la luz apagada, la penumbra espesa. Y mi madre sentada en el sillón, balanceándose a cámara lenta, con la mirada perdida y los brazos caídos sobre su regazo. El sol negro de la enfermedad expandiéndose por toda la casa.

No sabría decir cuándo comenzó todo. En mi memoria, la depresión de mi madre es una constante, sobre todo en otoño y en primavera. En esos meses, la mujer hermosa, alta y decidida se convertía en un cuerpo marchito del que apenas surgían las palabras. Los recuerdos de esos días parecen fotogramas de una película en sepia que se repite una y otra vez. El pelo sucio sobre su cara, el gesto triste, la mirada vacía, las grandes ojeras y los silencios prolongados. Y también, por las mañanas, las cápsulas de Trankimazin y Orfidal junto al vaso de leche y las galletas, flotando sobre el hule de plástico transparente que cubría el tapete de ganchillo de la mesa. Y su modo particular de introducirse las pastillas en la boca. Los dedos índice y corazón a modo de pinza, prácticamente hasta tocar la garganta. Los ojos cerrados durante el trago de leche.
Y las preguntas desesperadas de mi padre:
–¿Pero qué coño te pasa, Emilia?
–Nada, Juan Antonio, nada.
–¡Espabila, coño! Tus hijos y tus nietos están sanos, tu familia te quiere, a tu marido no le falta trabajo, tienes tu casa, tu televisión, tu vida resuelta. ¿Es que no eres feliz? ¿Qué razones tienes para estar así?
–No lo sé, Juan Antonio. No sé lo que me pasa.
Y seguramente no lo supiese. Ni ella ni nadie. Tal vez no tuviera razones. Al menos, razones que pudiera mencionar.
Recuerdo la frustración. La desesperación. El no entender nada. El no saber qué hacer. Y el pensamiento que planeaba sobre nuestras cabezas: es una egoísta. La mamá es una egoísta. Eso es lo que creíamos y se nos escapaba en alguna conversación, que la depresión era una forma de llamar la atención, que se desaliñaba y estaba triste para hacerse la víctima, como un crío, decíamos, que llora para seguir siendo el centro del mundo.

Y es posible que algo de eso hubiera. Pero quizá no en el sentido en que nosotros lo habíamos creído. Lo he pensado mucho después y cada vez lo tengo más claro: la depresión de mi madre era una manera inconsciente de atraer nuestra atención porque requería ser cuidada, porque necesitaba por un momento dejar de ser la esclava de todos. Había dedicado su vida entera a servir a los demás. Se encargó de sus tíos mayores. Después, de sus hijos. Y luego, de su marido. No salió de la casa de la huerta ni siquiera cuando mi padre tuvo que marcharse a trabajar a Alicante durante varios años. Siempre he creído que debería haberlo acompañado y haber formado un hogar allí. Una pareja joven, con dos hijos recién nacidos. Toda una vida por delante. Pero mi madre se quedó en la huerta, cuidando de sus hijos, de sus tíos solteros, de la casa, de su historia, prisionera de un modo de vida que hundía sus raíces en el pasado.

Es posible que eso fuera lo que al final acabó pasando factura, toda esa vida dedicada a los otros, todos los años de confinamiento en aquel espacio, toda la frustración, toda la felicidad perdida, la melancolía acumulada, que regresó tiempo después bajo la forma de la depresión.

—Tiene tristeza —comentó la curandera el día que desconfiamos de los médicos y decidimos probar otros remedios.

Ahora lo pienso y creo que estaba en lo cierto. En el fondo no era otra cosa. Tristeza.

Y con esa tristeza que ya nunca se fue del todo mi madre se encargó de los últimos años de la Nena, de vestirla, de darle de comer, de cambiarle los pañales, de estar en todo momento pendiente de ella, de no salir siquiera a la calle para no dejarla sola, hasta el día en que murió. En menos de seis meses llegó la trombosis de mi padre y lo dejó prácticamente inmovilizado. Lo sentamos entonces en el mismo sillón-mecedora que había ocupado la Nena, y mi madre cuidó de él. Lo vistió, le dio de comer, le cambió los pañales y no lo dejó un momento a solas. Parecía que todo se repetía. Hasta que un día ese bucle también acabó girando sobre ella.

Conservo aún el vídeo que por casualidad grabé la tarde antes del ictus. Yo estaba en la habitación que había construido en una esquina del patio para aislarme de todo y ella entró para decirme que la cena estaba preparada. Tenía el rostro algo demacrado, los ojos hundidos, y apenas le salía la voz del cuerpo.

Recuerdo perfectamente la conversación.

–Qué mala cara tienes, mamá.

–Estoy triste, hijo. No puedo más.

A la mañana siguiente, mientras escribía en el despacho de la universidad, recibí una llamada. Mi madre estaba ingresada en el hospital. Tenía el lado izquierdo del cuerpo paralizado y no podía hablar. Ya nunca más volvió a ser ella. Ni siquiera supo llorar cuando, unos meses más tarde, murió mi padre.

Ha pasado ya algún tiempo de aquello, y cada vez estoy más convencido de que fuimos culpables. Mis hermanos y yo. Culpables de lo que sucedió con mi madre. Continuadores de una larga tradición de servidumbre. La utilizamos hasta que ya no pudo más. La dejamos sola con su carga heredada y eso acabó con ella.

Curiosamente, los últimos años de su vida, cuando ya no podía valerse por sí misma, fueron los únicos que vivió sin tener que servir a nadie. También fueron los únicos en los que alguien se ocupó de ella. Pero no fuimos nosotros. Sus hijos no le devolvimos la abnegación. Al menos, no del mismo modo. No hipotecamos nuestras vidas ni sacrificamos nuestra felicidad como había hecho ella. Los tiempos habían cambiado y los hijos ya no se hacían cargo de los padres. Aunque supongo que todo habría sido diferente si alguno de nosotros hubiera sido mujer. En ese caso, probablemente la sumisión habría continuado. Al fin y al cabo, vivíamos en la huerta. Y las hijas se ocupaban de cuidar a sus mayores. Pero todos habíamos nacido varones. Y no podíamos cambiar nuestra rutina para atender a nuestra madre. Así que lo dejamos todo en manos de «las chicas». Dos ecuatorianas, tres bolivianas y, al final, una búlgara. Una tras otra. Hasta que decidían no continuar. Veinticuatro horas. Noche y día. Salvo los fines de semana. Ese fue nuestro único compromiso. Aparte de las visitas esporádicas, quedarnos con ella un fin de semana al mes. Uno para cada hermano. El mínimo heroísmo de bañarla, cambiarle los pañales, darle las medicinas, la comida, hacerle compañía y sacarla a pasear. Un fin de semana. Hasta el final.

La tarde que entré a ver lo que había hecho mi hermano Juan en la casa volví a palpar aquella fuerza gris y pesada de la enfermedad. La tristeza, el abatimiento y la desesperación seguían impregnando todos los rincones. Los de la casa y también los de la memoria. Me costó entonces evocar las risas y los momentos de felicidad, como si una masa viscosa me impidiera ver con claridad más allá de aquella emoción oscura. Solo ahora, cuando escribo estos párrafos, comienzo a distinguir las otras energías que también anidan en la memoria de ese espacio. Los instantes sepultados por el desconsuelo, los recuerdos luminosos acallados por el rumor de la aflicción.

Me obligo a evocarlos ahora, a pensarme allí, entre mi madre, la Nena y mi padre, sentado en torno a la mesa camilla, al calor del brasero recién preparado, con una taza de chocolate con leche, viendo *El coche fantástico, El gran héroe americano* o *El halcón callejero* después de las noticias, tomando las monedas que la Nena me daba a escondidas sin que nadie se enterase, riendo los chistes que mi padre contaba con acento andaluz o trasnochando con mi madre para ver, sin hacer caso de los dos rombos y sin enterarme demasiado, *Mis terrores favoritos,* de Chicho Ibáñez Serrador. Los cuatro allí, en la casa, en el salón, habitando el presente, sin saber nada del futuro, sin ser conscientes de estar acariciando en esos momentos algo parecido a la felicidad.

Permaneces unos instantes en el umbral. No lo cruzas hasta que el coche fúnebre se aleja. El cuerpo sale de escena y vuelves un momento a la explanada. Tu padre y tu hermano siguen allí, junto a la puerta de la casa. Te acercas a ellos y tu padre te abraza.
No hay justicia, dice. Pobre hija, pobre hijo. Asesinos. Asesinos.
Tu hermano lo coge del hombro:
Papá, ¿es que no te das cuenta de lo que ha pasado? A la Rosi no la ha matado nadie extraño.
¿Qué dices?
Que no han entrado a matarla. Que el asesino estaba dentro. ¿Es que no lo ves?
Tu padre no responde. Tú tampoco dices nada. Nadie, en el fondo, quiere decirlo. Porque decirlo es hacerlo realidad. Y mientras nadie lo dice, aún no ha sucedido del todo.
Pero hay un momento en el que alguien habla. No sabes quién es el primero. Pero alguien pronuncia la frase:
Ha sido él, el hermano; él la ha matado.
Y a partir de ese momento ya no hay medias voces. La huerta comienza a oírse.

Hijo de puta. Tarado. Hijo de puta. La ha matado a golpes. Ha huido con el coche. Ha escapado. La Guardia Civil lo está buscando.

Hijo de puta. Asesino. Cabrón. Tarado. Matar a su hermana... Asesino. Cabrón. Tarado.

La huerta ya no se frena. Ya sabe quién es el enemigo. Todo ese tiempo había estado esperando. Pero ahora ya ha encontrado al culpable.

Asesino. Cabrón. Tarado.

Solo callan tu padre y tu hermano.

Vuelve donde estabas, Miguel.

Hijo de puta. Cabrón.

Incluso sientes las miradas.

Es su amigo. Amigo del asesino.

Cierras los oídos y regresas a la casa de la Asunción. Allí también lo han oído. Allí también se sabe todo. Y, sin embargo, allí Nicolás es todavía un amigo.

Te sientas en el sofá. Miras a Juan Carlos. Miras a María José. Miras a la Julia.

No te lo creas, comienza a decir ella.

Pero ni siquiera acaba la frase.

5

A finales de julio decidí por fin consultar los periódicos en el archivo municipal. Había pasado varias semanas escribiendo recuerdos y emborronando papeles con esbozos e ideas sobre la estructura de la novela y ya no podía demorar más tiempo la búsqueda de la información real. No era la primera vez que visitaba el archivo. Durante el último año de licenciatura lo frecuenté mientras realizaba mi investigación sobre la escultura de posguerra en Murcia. Aún no sabía hacia dónde encaminar mi carrera de historiador y, siguiendo los consejos de uno de los profesores del Departamento, comencé a investigar sobre algo que, aunque no me apasionaba, en ese momento me resultaba interesante: cómo habían sido sustituidas las esculturas religiosas después de la destrucción de la Guerra Civil. Durante más de un año rastreé todos los periódicos de la región buscando noticias de bendiciones de esculturas en las que se hablara de la reconstrucción «tras la barbarie roja». Llené de notas y recortes varias carpetas azules.

Reconozco que nunca he querido ser un investigador de archivo –rápidamente abandoné ese modelo de historia del arte por otro más confortable, sustituyendo los papeles polvorientos por los libros recién comprados–, pero lo cierto es que allí latía algo hipnótico y fascinante. Mientras escudriñaba los periódicos en busca de noticias sobre esculturas recién compradas que revelaban una destrucción previa, me sentía como Guillermo de Baskerville en *El nombre de la rosa*. Un detective investigando un crimen. En mi caso, el crimen de la destrucción: conocer lo que había sido quemado a partir de lo que había sido sustituido. Lo único que publiqué de todo aquel trabajo fue un pequeño artículo sobre la iconografía del Corazón de Jesús como metáfora de la retórica franquista. Afortunadamente, ese texto no se puede localizar.

La mañana de julio que acudí al archivo recordé el pasado y experimenté una especie de nostalgia. Tiempo atrás, yo había ido allí buscando un crimen simbólico –la destrucción de las imágenes– y ahora regresaba para indagar sobre un crimen real, más como detective que como historiador. Ya no caminaba en pos de un tiempo remoto, ni buscaba al azar. No era un intruso del presente rastreando un pasado con el que no mantenía conexión alguna. Ahora trataba de encontrar un fragmento de mi historia. Yo había estado allí. Formaba parte del pasado sobre el que había ido a investigar.

Pregunté por los periódicos de 1995 y el encargado del archivo me comentó que algunos habían sido digitalizados. No se podían consultar on line por cuestiones de propiedad intelectual, pero podía acceder a la hemeroteca desde los ordenadores de la sala de investigadores.

La búsqueda no fue demasiado complicada. Tenía las fechas y conocía los diarios que se habían hecho eco de la noticia: *La Verdad, La Opinión* y *Diario 16,* los tres periódicos que se publicaban en Murcia en 1995.

Grabé en un pendrive los documentos de *La Verdad* y fotografié con el móvil las páginas de *La Opinión* y de *Diario 16.* Qué fácil era ahora guardar esas imágenes sin acudir a las fotocopiadoras y tener que pedir permiso a los bibliotecarios, que siempre miraban con celo los documentos, como si la historia les perteneciera.

Examiné con detalle los periódicos de la semana. El martes 26 de diciembre de 1995 todos abrían con el suceso. «Trágica Nochebuena en la huerta. Un joven de Los Ramos mata a su hermana y se arroja por un barranco.» «Navidad de muerte en Murcia.» «El Caín murciano.» Al día siguiente había alguna noticia, breve, y después se olvidaban del caso para siempre. Leí por encima las páginas que se referían al crimen. No me demoré demasiado en la lectura de los artículos. Ya tendría tiempo de volver sobre ellos con atención. Lo que sí hice fue hojear cada uno de los periódicos –pasar páginas digitales en el caso de *La Verdad*– para intentar recordar cómo era el mundo en 1995.

La noticia del día era el discurso de Nochebuena. El rey Juan Carlos reclamaba la unidad de los partidos para luchar contra el terrorismo de ETA. Al día siguiente, el «comando Araba» era desarticulado por la Ertzaintza poco antes de entrar en acción. Ese mismo día se hacía pública la condena de dos años de cárcel a Juan Guerra por defraudar 42 millones de pesetas a Hacienda. Y, a finales de la semana, Felipe González confirmaba que las próximas elecciones serían en marzo del año siguiente. «Me preocupa que los desafíos que tiene España puedan caer en manos de Aznar», decía en su rueda de prensa.

Yo no recordaba nada de todo aquello. Tan solo los resultados del fútbol –las noticias sobre el Madrid y el

Murcia– o los estrenos de cine –*Babe, el cerdito valiente* o *Goldeneye*– me eran familiares. En aquel tiempo no veía el telediario ni leía los periódicos. Mi mundo era yo y apenas lo que me rodeaba. No me interesaba la política. No sabía nada de nada. Todavía no era más que un niño de la huerta que había comenzado a estudiar una carrera en la capital y no le importaba cómo funcionaban las cosas.

Mientras hojeaba los periódicos aquella mañana experimenté una melancolía extraña. Más que recordar el mundo del pasado, tuve la sensación de conocerlo por primera vez.

Sigues sentado en el sofá, en silencio, esperando no se sabe muy bien qué. Aunque nadie dice nada, ya todos comienzan a saber. Y también allí Nicolás comienza a ser el asesino. Aunque nadie se atreva a manifestarlo.

Lo están persiguiendo, dice alguien a través de la ventana. La expresión te sobrecoge. Ya no lo están buscando. Ya no se ha perdido. Ahora lo persiguen. Ahora Nicolás huye. De la Guardia Civil, de la policía, de la gente del Cabezo, incluso de algún vecino de la huerta que ha subido en coche al campo y se ha unido a la persecución. A la caza del asesino.

Tú no puedes evitar pensar en él, corriendo campo a través, saltando desniveles, sorteando la maleza, buscando un escondite, un lugar para respirar.

Corre, Nicolás. Escóndete. No dejes que te atrapen.

Te sorprendes con estos pensamientos. Y en ese momento sientes que estás de su parte. De parte del asesino. Porque en tu mente él sigue siendo tu amigo.

Es Nicolás perseguido. Es un niño asustado. Es tu amigo sin piel, sin nadie que lo pueda proteger.

6

Al llegar a casa, imprimí los documentos y los leí con detenimiento. Todos repetían la misma información: «El cadáver de la hermana fue encontrado por la madre, en un charco de sangre.» «La habitación de la mujer apareció con evidentes signos de pelea.» «El joven, tras huir de su casa, había intentado primero ahorcarse.» Detalles del suceso y también de la búsqueda de los vecinos: «Decenas de vecinos buscaron al sospechoso por la zona de Alquerías. Se inició una búsqueda por toda la sierra, en un terreno muy accidentado, y totalmente a oscuras, a la que se fueron sumando, con el paso de las horas, numerosos vecinos, hasta reunirse en el rastreo varias decenas de personas.»

Imaginé la escena y me recordó a ese momento de las películas en que el pueblo acorrala al monstruo y este huye acobardado. Pensé por un momento en Nicolás corriendo por el monte escarpado, intentando escabullirse de todos, oyendo a lo lejos los gritos, intuyendo la presencia de sus perseguidores. Y, sobre todo, tratando de huir de él mismo, del monstruo interior que habría liberado.

Nada de lo que pude leer en aquellos textos era nuevo para mí, con la excepción de las referencias concretas que aludían a la investigación de la Guardia Civil o al juez que ordenó el traslado de los cadáveres al Instituto de Medicina Legal de Murcia para que se les practicasen las autopsias.

Muchos artículos se demoraban en la exposición de datos escabrosos –cómo se había encontrado el cadáver de ella, cómo era el charco de sangre de la habitación o cuántos metros tenía el barranco desde el que él se arrojó–, pero la mayoría se centraba en una idea que se repetía una y otra vez: la incredulidad de los vecinos ante lo sucedido.

Las declaraciones coincidían. El titular del artículo de *La Verdad* lo resumía así: «Un chico tímido y apreciado por todos»: «Nadie terminaba de creerse que Nicolás, ese chico de 18 años que a todos les caía bien y al que todos apreciaban desde pequeño, cuando ejercía de monaguillo en la ermita del barrio, se había quitado la vida en un barranco y era el principal sospechoso de haber matado a golpes a su hermana Rosi, poco después de la cena familiar de Nochebuena.»

Todos enfatizaban la sorpresa de los vecinos: «Cuando surge la pregunta ¿por qué?, todos dicen lo mismo: "Me resulta imposible pensar el porqué. Realmente, después de lo que ha ocurrido, sigo sin entender nada."»

El artículo de *La Verdad*, firmado por el periodista Alfonso Torices, acababa de un modo poético: «Más de uno piensa que la razón de la disputa ha podido morir con los dos hermanos.»

Recorrer estas noticias me hizo volver a experimentar aquella sensación de incredulidad extraña, el dolor, la intensidad, la búsqueda, la inquietud... Pero fueron las imágenes de lo sucedido las que, por encima de cualquier cosa, llegaron a estremecerme, especialmente el gran barranco que aparecía en la portada en *La Verdad*. «El barranco de 20 metros desde el que se arrojó el joven», rezaba el pie de foto. En la cima del barranco había dos pequeñas figuras. Pude reconocer rápidamente a una de ellas: Juan Alberto, con su chándal verde oscuro, observando el terreno donde había descubierto el cadáver de su primo.

Me quedé un tiempo hipnotizado por la fotografía. Las dos figuras detenidas mirando fijamente al abismo me recordaron los cuadros de Caspar David Friedrich.

El barranco, la inmensidad de la naturaleza, el gran salto, el suicidio..., la muerte trágica del ser atormentado, eclipsaba todo lo demás. El hecho de que fuera el lugar desde el que él saltó al vacío y no el ataúd de ella –o la casa, o la habitación en la que había sucedido todo– lo que presidiera la noticia y abriera el periódico proporcionaba la clave de lectura. El abismo, el desastre sublime, el drama romántico..., todo remitía a un desbordamiento de la razón, a lo irracional y lo incomprensible. Probablemente el redactor del periódico no lo pensó de modo consciente, pero lo cierto es que allí había una especie de llave para la interpretación del suceso: la tragedia, el crimen inimaginable, lo que no cabe en cabeza alguna. Como las figuras que miran desde el borde del barranco a la lejanía. Todos estaban paralizados, nadie entendía nada. Caminantes frente a un mar de niebla.

Leí con atención todos los artículos, como si llevara a cabo una investigación historiográfica y tuviera que interpretar el texto, un ejercicio de hermenéutica cultural. La idea de la muerte trágica de mi amigo había eclipsado el crimen. Él era el protagonista de la noticia. Su hermana, tan solo la víctima.

Me resultó curioso que en ninguno de los tres periódicos apareciese ni una sola alusión a los términos violencia de género, violencia doméstica o violencia machista. ¿Cómo se habría redactado hoy la noticia? Sin duda, el periódico habría abierto de otro modo, y el carácter de la información habría sido diferente. El crimen se habría situado en la triste y larga lista de muertes de mujeres a manos de los hombres. «Se cierra el año con otra víctima de violencia machista», habría escrito más de un periodista.

Sin embargo, en 1995 el concepto aún no se había extendido. Y sin el concepto, sin el término, de algún modo, esa realidad tampoco existía como tal. El lenguaje cambia, y con él, el tratamiento de la actualidad. Y también la producción y reproducción de la realidad. Las cosas son tal y como se dicen. El lenguaje es verdaderamente performativo; crea el mundo en que vivimos. Así que en 1995 no había violencia de género. Aquello había sido un crimen entre hermanos, un fratricidio. Un caso aislado. Él era Nicolás, no un hombre. Ella era Rosi, no una mujer. Estaba sola ante él; no entraba en la triste lista de las demás. Se trataba de un hecho inexplicable, por eso nadie encontraba la manera de asumirlo.

En 1995 el monstruo actuaba solo. Hoy sabemos que el enemigo es mayor, y que la muerte y la violencia concretas son apariciones de algo más grande, de una monstruosidad aún más peligrosa y más difícil de erradicar. Porque no acaba con el salto y el suicidio. Se extiende como un virus y solo es posible verla y combatirla si la nombramos. Veinte años atrás, sin embargo, en las noticias de aquellos periódicos, aún no existía ese nombre. Allí tuvo lugar una pelea entre hermanos. Y el secreto, el porqué de aquella disputa, quedó enterrado con su muerte.

Y entonces llega lo más terrible. No sabes quién lo dice, pero resuena en el salón como un trueno seco que da inicio a la tormenta. Han encontrado a Nicolás. Muerto. En un barranco. Esa es la noticia que te desgarra. Ha saltado desde lo más alto. Su primo ha encontrado su cuerpo. Había intentado ahorcarse. No escuchas ya nada de lo que se dice a continuación. Porque ahora todo se convierte en sollozo. No gritas, no hablas, no sabes si tienes palabras. Tus ojos se llenan de lágrimas. Todo se torna borroso. Es entonces cuando María José te abraza y besa tus mejillas. Es entonces cuando sientes su cuerpo junto al tuyo, la abrazas con fuerza y notas tus lágrimas humedecer su pelo. Es entonces cuando sientes sus pechos duros apretándose contra ti. Y es también entonces cuando no puedes evitar la erección. Tu mundo se desmorona y por un momento quisieras que este instante fuera eterno. El momento que tantas ve-

ces has soñado. Cuando te masturbas, o cuando te tiendes sobre la cama a pensar cómo sería estar junto a ella, besarla, tocarla, abrazarla. El momento que tantas veces has imaginado. Ahora, precisamente ahora, cuando el dolor te abrasa las entrañas.
Tu amigo muerto en un barranco.
Tu polla dura.
El mundo entero rompiéndose en pedazos.

7

Junto a la foto del barranco, otra imagen se me grabó en la retina. Una fotografía anecdótica, de recurso, situada al pie de una página de *La Verdad:* «Un grupo de familiares, amigos y vecinos, ayer, ante la casa familiar.»

En ella aparecía mi padre, en primer plano, con el gesto serio y los brazos cruzados sobre su barriga prominente, en una pose muy suya que casi había olvidado y que me conmovió en cuanto la vi. Identifiqué también a algunos vecinos de la huerta, sobre todo a mi primo Quique, en la esquina izquierda, y a mi amigo Juan Alberto, a la derecha de mi padre. Junto a él estaba yo. Me reconocí por el chaquetón. En la foto, en blanco y negro y granulada, apenas se distinguía nada, pero yo no tenía la menor duda de que aquel era mi chaquetón verde y yo era la persona que estaba de espaldas, con la cabeza vuelta hacia la casa, con las manos en los bolsillos, hablando con Juan Alberto.

Intenté recordar el momento en que fue tomada la instantánea y no pude encontrar nada en mi memoria. Creía que tenía cartografiados en detalle la noche y el día en que sucedió todo, pero resultaba que no era así. Aún quedaban momentos en blanco. Y ese parecía ser uno de ellos. ¿Cuándo se hizo esa foto? Supuse que poco tiempo después de que hubieran encontrado el cuerpo de Nicolás. Juan Alberto ya había regresado desde el Cabezo. ¿Qué hacíamos allí junto a la casa? ¿A qué esperábamos?

Había algo siniestro en la fotografía. Podía reconocer prácticamente a todos los personajes de la imagen y, sin embargo, me resultaban extraños. La escena estaba filtrada por la oscuridad del crimen. La textura de la fotocopia o del escaneo de la imagen lo alejaba todo mucho más atrás en el tiempo. Parecía tomada en los años cuarenta. Una fotografía de *El Caso*. Una imagen propia de la España profunda, ese país oscuro que habita nuestra consciencia colectiva y que se actualiza con cada nuevo crimen, con cada nuevo desastre.

El tiempo se disipaba y la memoria viraba hacia el blanco y negro. Veinte años era un siglo. El siglo pasado, en efecto. Una distancia insalvable.

—Mira, es el papá —le dije el sábado siguiente a mi hermano Juan cuando mostré las imágenes del periódico en El Yeguas.

No había ido allí desde mi regreso de Ithaca y mis hermanos me habían invitado a un almuerzo con otros vecinos de la huerta. Entre ellos me sorprendió encontrar también a Garre, a quien no veía desde el entierro del suegro de mi hermano José Antonio.

—Nene, ¿es que sigues con el libro ese? —dijo después de que le enseñara la foto a mi hermano—. ¿Qué es, la historia interminable?

Juan no le hizo caso y asió el móvil como si tomara entre sus manos un retrato antiguo, acariciando la pantalla con el cariño con que uno toca el papel de una fotografía.

—Míralo —comenzó a decir. Y se le saltaron las lágrimas. Ha sido siempre el más valiente de todos y, a la vez, el más emocional. Mi Juanito es un llorón, decía siempre mi madre.

—Está como él era —comentó José Antonio, siempre más templado—. Su pose. Antes de la trombosis. Un caballero. Guardando la compostura.

Y era verdad. Es lo que más recuerdo de mi padre. Un hombre recto, austero, educado. Llamaba la atención entre la gente de la huerta, que precisamente lo respetaba por eso. Se afeitaba dos veces al día, regresaba de trabajar en la fábrica con la camisa limpia, como si hubiera estado sentado en la oficina, y los fines de semana se ponía la corbata para ir al bar. Juan Antonio era un señor, dijeron los vecinos cuando murió. Un dandi de la huerta. Por eso cuando, tras el ictus, perdió la movilidad y tuvo que comenzar a utilizar pañales, se nos vino el mundo encima. Nunca llegó a acostumbrarse. Nosotros tampoco.

En la foto, sin embargo, seguía siendo él. Todos habíamos salido a la calle con lo puesto. Él se había demorado unos minutos en anudarse la corbata. Al fin y al cabo, era 25 de diciembre.

—Ay... —suspiró al fin mi hermano Juan—. Fue el último en darse cuenta de las cosas. Tuve que llevármelo a un rincón para explicarle lo que había pasado. Me costó convencerlo.

—Es que nadie se lo podía creer —añadió Emilio—. La Rosario nunca se convenció.

—Y tanto que no se convenció —dijo Juan—. Tuve que cambiarle todas las cerraduras y las rejas de la casa.

—¿Cómo? —pregunté sorprendido.

—¿No lo sabes? —intervino Garre—. El cabrón hasta hizo negocio. Le cambió las cerraduras a medio barrio.

—Le dio un trago al gin-tonic y, dirigiéndose a mi hermano, continuó—: ¿A ver si fuiste tú el que se los cargó para ganarte unas perricas?

—Mierda, Garre —protestó él—, no respetas nada.

Intenté retomar lo que había dicho mi hermano y le pregunté cómo se sintió mientras entraba de nuevo en la casa.

—Uno de los peores ratos de mi vida —contestó—. En la habitación de la Rosi, solico, porque solo estaba la Rosario en la casa y andaba preparando la comida. Y luego en la del Nicolás. ¡Qué mal rato! Estaban convencidos de que alguien había entrado. Y yo no podía quitarme de la cabeza las imágenes que había visto allí. La zagala en el suelo, llena de sangre. Tuve que salir varias veces a respirar a la puerta diciendo que me había dejado unos tornillos que necesitaba.

—Lo hicieron todo para aparentar —volvió a intervenir Garre—. Cambiar las cerraduras... Eso es lo que tenían que haber hecho antes. Ponerle veinte candados. Lo sé de bue-

145

na tinta. Me lo dijo la hija de la Fina, que vivía al lado. Que después oyó a los padres pelear. Y más de una vez escuchó al padre decirle a la Rosario: «Tú lo sabías, sabías lo que pasaba, y mirabas para otro lado.»

—¿Estás seguro de eso? –pregunté.

—Me lo dijo la vecina, nene. Que no habré estudiado, pero tengo más luces que tú.

No sabía si hablaba en broma o en serio. Nunca he sabido cómo interpretar a ciertas personas. Y no entendía cómo alguien podía reírle las gracias a Garre.

—Ya, ya... –fue lo único que se me ocurrió decir.

—No te despistes; te lo dije la otra vez: esos dos tenían algo. Y si las cerraduras las hubieran cambiado antes, o si se las hubieran puesto todas a él en el pescuezo, otro gallo hubiera cantado. Pero, ponerlas después, ¿para qué? Acojonaron a todo el vecindario por una mentira.

III. Los llantos del pasado

Sales de la casa avergonzado. Confías en que María José no haya notado nada.
En la puerta está tu padre; te mira. Tu hermano; te mira. Todos; te miran. No saben qué decirte. No sabrías tampoco qué responderles.
Ya está todo claro. No hay nada más que hacer. El cuerpo de la Rosi está en otro lugar. También el de Nicolás. Ya no hay nada que esperar.
¿Por qué nadie se mueve? ¿Por qué todos continúan ahí?
Ya no vendrán más noticias. Ya ha sucedido lo peor. Y, sin embargo, una fuerza invisible no permite a nadie moverse del sitio. Es donde hay que estar en estos momentos. Todos. Los hombres y, ahora, también las mujeres. Porque ya no hay nada que temer. La catástrofe ya ha sucedido. La escena ha concluido. Ahora la explanada no es el lugar del peligro. Ahora allí están los espectadores. Sin nada que hacer, sin nada que mirar. Solo ellos –tú también–, pegados al suelo, hablando en voz baja.
La Guardia Civil toma declaración a los vecinos. Alguien señala hacia donde estás tú.

Es su amigo, escuchas.
Uno de los agentes se acerca:
¿Estuviste con él anoche?
No, anoche no.
¿Notaste algo raro esta semana? ¿Te dijo algo fuera de lo normal?
No, nada raro.
Muchas gracias.
A esto se reducen sus preguntas. No apunta nada en ningún cuaderno. No lo graba en ningún aparato. Intuyes que es más una formalidad que un interrogatorio. Tienen que preguntar, pero no hay nada que nadie pueda decir.

1

Desde mi regreso de Ithaca había estado tan inmerso en la historia sobre la que escribía que apenas había tenido momentos de intimidad con mi mujer. Sin darme cuenta, había llegado a encerrarme tanto en mí mismo que me había convertido en una especie de autista al que solo le interesaba la escritura. Durante el día y también por las noches. Y es que, tras la visión de las fotografías y la lectura de los artículos de los periódicos, habían retornado las pesadillas. En realidad, no se habían ido nunca, pero volver a leer en detalle lo ocurrido y ponerle imagen al pasado concedió a los recuerdos una intensidad nueva. Todo aquello que antes solo había estado en mi mente lo tenía ahora delante de mis ojos.

Me acostaba con las imágenes en la cabeza, intentando darles una forma narrativa. Buscaba el modo de distanciarme de ellas tratándolas como si fueran solo secuencias, diálogos, bloques de texto. Pero no podía hacerlo del todo. La fuerza de lo sucedido no se dejaba domesticar.

Nunca he sentido una urgencia tan grande al escribir. Durante la redacción de mis anteriores novelas disfrutaba de cada momento frente al teclado. Sentía el placer del texto. Mientras trabajaba en este libro, sin embargo, la historia me incomodaba. Escribir no era exorcizar demonios; era convocarlos. Quizá por eso escribía a toda prisa –lo hago ahora–. Para llegar al final de la historia cuanto antes. Aun así, a pesar de pretender cerrar este libro lo más rápido posible, de no desear habitarlo como sí había querido hacerlo con el resto de las cosas que había escrito, necesitaba un respiro. Y a finales de julio decidí parar por un tiempo y salir de viaje con Raquel. Acordamos pasar una semana de relax en un balneario de Alhama de Aragón al que habíamos ido ya algún verano. Necesitábamos tiempo para nosotros. Desconexión total. Solo lectura, paseos, baños, buena comida y sexo. Se lo debía a Raquel. Nos lo debíamos.

El hotel del balneario era un antiguo edificio de finales del XIX remodelado hacía apenas un año. En aquel sitio no podía dejar de verme como el personaje de una novela centroeuropea de principios de siglo, todo el día en albornoz, convaleciente de una tuberculosis o de alguna enfermedad mental. En realidad, era precisamente a eso a lo que yo había ido allí. A buscar una cura. A intentar sanar del pasado. Al menos, durante algún tiempo.

Me agradaba el balneario por varias razones. Pero la fundamental era que allí podía bañarme sin demasiado miedo al ridículo. Desde pequeño he estado acomplejado por mi físico. En más de una ocasión he dicho que tengo miedo del agua cuando en realidad lo que sucede es que me avergüenza enseñar mi cuerpo. En el balneario, sin embargo, la presión corporal era mínima. Las pieles fláccidas, los vientres hinchados, los cuerpos en el ocaso de la vida... Aparte de la tranquilidad del lago termal, allí tenía la sensación de que los michelines, la piel estriada y los pelos en la espalda no suponían alteración alguna en el canon dominante de belleza.

Toda mi vida he sido un gordo. Lo fui en la infancia, pero sobre todo en la adolescencia, cuando decidí comenzar a ocultar mi silueta bajo camisas negras dos tallas más grandes de lo necesario. Es cierto que en los últimos años he logrado asumir ese trauma, pero algo de ese gordo acomplejado sigue anidando en mí. La memoria del cuerpo acaba pasando factura y no desaparece jamás. Está detrás de los gestos, de la manera de moverse, de sentarse, de mirar a los demás, incluso en la forma de pensar el mundo. En cierto modo, ese trauma corporal, esa envidia del cuerpo sano, fuerte y atractivo, permea todo lo que escribo. Es la clave de la frustración de Marcos, el tímido adolescente de *Intento de escapada*, o del resentimiento de Martín, el profesor cuarentón de *El instante de peligro*. En ambas novelas los protagonistas se sienten prisioneros del cuerpo. Lo perciben como un lastre del que quisieran escapar. En ambas novelas los protagonistas cuestionan la frase del personaje encarnado por Eusebio Poncela en *Martín (Hache)*. «Nadie se folla a las mentes», dice Marcos y escribe Martín. En ambas novelas, por supuesto, hablan mis miedos y mis frustraciones.

En el balneario, Raquel y yo volvimos a lo esencial. A estar juntos. Comer juntos. Pasear juntos. Leer juntos. Estar, simplemente estar. El tiempo se frenó y a la vez pasó en un abrir y cerrar de ojos. Desconecté de Facebook y de Twitter. Y sobre todo intenté distanciarme de lo que estaba escribiendo.

Sin embargo, de vez en cuando, mientras me relajaba en la bañera de agua caliente, flotaba sin estilo alguno en el lago termal o caminaba por la arboleda, el pasado regresaba a mí. Como un eco. Imágenes, momentos, ideas. Quise dejarlo pasar. Traté de hacerlo. Pero rápidamente me rendí y decidí que iba a ser mejor apuntarlo todo.

Los espíritus habían viajado conmigo y me acompañaban incluso en los sueños. Una noche me desperté con el cuerpo paralizado y con la sensación de que alguien tiraba de las sábanas hacia abajo. Había algo en la habitación, lo percibí con claridad. Una presencia que no podía ver pero sí sentir. Y, sobre todo, reconocer. No sé cómo explicarlo. Era Nicolás. Era Rosi. Era el pasado. Era esa sensación de incomodidad, culpa, malestar y silencio opaco que sentía cada vez que me metía hasta el fondo de la historia. Esa era la fuerza extraña que tiraba de las sábanas hacia abajo.

Comencé a moverme, pero estaba completamente agarrotado. Me rechinaban los dientes e intenté gritar. Pero las mandíbulas estaban bloqueadas. Al final conseguí zafarme de esos grilletes imaginarios y emití un sonido que estaba entre el grito, el aullido y el suspiro.

—¿Qué te pasa? —preguntó Raquel mientras me traqueteaba para despertarme.

—Nada, nada. Una pesadilla. Duérmete.

Ella se durmió, pero yo ya no pude volver a hacerlo. Encendí el móvil y apunté todo lo que acababa de sentir. Había percibido el aire viscoso del mundo sobre el que escribía. Por supuesto, había sido un sueño. Pero la sensación existía. Se había grabado en mi piel y ya no podía sacármela de encima. El efecto tardó varios días en desaparecer. Ahora, cuando lo escribo, vuelvo a evocarlo y me estremezco. Pocas veces he estado así de cerca de una fuerza tan compleja.

Nos marchamos del balneario un lunes por la mañana. En el camino de vuelta decidimos pasar por Belchite Viejo, el pueblo que Franco había dejado en ruinas para hacer visible la barbarie del bando republicano. En mi libro sobre Walter Benjamin y el arte contemporáneo había dedicado unas páginas a estudiar los diferentes proyectos artísticos que el artista catalán Francesc Torres había realizado sobre ese territorio de escombros y llevaba tiempo queriendo visitarlo. Me resultaban excepcionales y sugerentes sobre todo las fotografías que había tomado a finales de los ochenta, poco tiempo después de que Terry Gilliam rodará allí *Las aventuras del barón Münchausen*. En ellas podían verse los restos del rodaje mezclados con los vestigios de la destrucción real. Dos ruinas entrelazadas. También dos escenarios. Porque mantener el pueblo derruido como representación de la barbarie no era otra cosa que convertirlo en un escenario. Y mostrar, como había hecho Francesc Torres, las dos ruinas confundidas en un mismo espacio enfatizaba precisamente ese sentido de representación del mundo en el que historia, política y cine van de la mano.

Los restos del rodaje ya no estaban en las calles de Belchite Viejo. Pero el pueblo seguía pareciendo una imagen, una postal, un plató de la destrucción.

Sin haberlo planificado, llegamos justo a la hora de la visita guiada. Lo que nos contó la chica que hacía de guía nos dejó helados. En realidad, el pueblo era un cementerio. Muchos de los cadáveres estaban sepultados en una gran fosa común en la que solo figuraban los nombres de los héroes de la patria, el ejército nacional; los otros muertos no necesitaban nombre.

Mientras volvíamos a Murcia, Raquel buscó en internet el programa especial de *Cuarto Milenio* sobre Belchite y conectamos el móvil a los altavoces del coche. Pudimos oír las psicofonías de las bombas cayendo, la voz de los niños del coro cantando, los sucesos paranormales que según los investigadores se sucedían constantemente en aquel paraje. «Una energía perturbadora» y «una fuerza maligna» que uno podía percibir al caminar por las calles y adentrarse en los edificios derruidos.

Yo no había sentido nada de eso. Tampoco Raquel. Era mera curiosidad histórica lo que nos había llevado hasta allí. Lo que sí tuve en todo momento fue una impresión de incredulidad y estupefacción por el hecho de que eso hubiera podido suceder alguna vez. Era algo inconcebible, inimaginable. Curiosamente, esa misma sensación de desbordamiento de la razón, lo sublime y doloroso de la tragedia, la imposibilidad de poner palabras a la realidad, era exactamente lo que todos parecían haber experimentado ante el crimen sobre el que escribía.

En el fondo todo funcionaba como una imagen. El pueblo destruido me recordó a las ruinas románticas. Esas ruinas en las que habitan los espíritus del pasado y cuya contemplación desborda la razón precisamente porque en ellas se percibe la inmensidad del tiempo histórico, más allá del tiempo particular de cada uno de nosotros. Allí está la Historia, con mayúsculas, elevándose incluso sobre la existencia concreta de los hombres. La destrucción sublime de Belchite remitía, por supuesto, a un cuadro de Friedrich, igual que la fotografía de las personas mirando la inmensidad del barranco por el que saltó mi amigo. La catástrofe como un escenario. La humanidad frente al abismo. La razón desbordada. Así transmitió el franquismo la historia de la guerra. Así contó la prensa el crimen de mi amigo. Una tragedia romántica.

A los pocos minutos, llega Juan Alberto. En coche. Con su padre, el hermano de la madre de Nicolás. Él entra en la casa. Juan Alberto se queda contigo. Te abraza. Tú lloras. Él te consuela. Por un momento, contiene el llanto. Pero después dice:
Mi primo, tío. Mi primo...
Y comienza a llorar. Él, el más fuerte de todos, el hombre crecido y responsable. Él es también ahora un niño.
No le preguntas por lo que ha visto. No sabes cómo hacerlo. No lo sabrás jamás.
Al fondo se oyen los lamentos. En el exterior, el silencio comienza a romperse.
Os sentáis sobre la tapia de la esquina.
Mi primo..., mi primo... Mierda.
Es lo único que dice.
Mierda. Puta mierda.
Es lo que tú contestas.
No culpáis a Nicolás. No decís nada de la Rosi.
Nicolás fue amigo de Juan Alberto antes que tú. Primos hermanos. De la misma edad. Tú no lo conociste has-

ta que llegó al colegio, en quinto curso. Él y el resto. Después de que el autobús que los llevaba a Sucina volcase por un terraplén. De eso nunca has hablado con él. Hubo heridos. Ninguno grave. Pero los padres decidieron que debían cambiar de colegio. Y el vuestro estaba más cerca. Ahora piensas que, de no haber sido por el accidente, no lo habrías conocido jamás. No estarías sentado con él sobre la tapia. No habríais compartido la adolescencia. No se habría convertido, en verdad, en tu amigo más cercano. En el que más quieres. Y no habrías subido nunca al Cabezo de la Plata. Sin él, el nombre sería para ti poco más que un nombre. El Cabezo. El lugar al que algunos fines de semana viajaba Nicolás. El caserío al otro lado de la montaña. El campo. La tierra seca y amarilla. El Cabezo. Poco más que un nombre.

Pero el Cabezo es un lugar. Has visto los barrancos. Has atravesado las ramblas. Has escuchado el silbido de las serpientes. El reclamo de las perdices.

Es lo que ocurre con Juan Alberto y la huerta. Él también ha caminado por los carriles mojados. Ha comido mandarinas en los huertos del río. Ha subido a los árboles con vosotros. Se ha manchado el chándal de verdete. La huerta es para él mucho más que un nombre.

Lo piensas durante un momento.

El campo y la huerta, juntos, por casualidad.

El campo y la huerta.

Nicolás saltando por un barranco.

2

A la vuelta del balneario, me centré de nuevo en la novela. Tenía que aprovechar las semanas antes de que llegara septiembre y empezaran las clases y las responsabilidades. Mientras escribía, encerrado en mi habitación, con las persianas bajadas y el aire acondicionado a toda máquina, no dejaba de regresar a muchos de los libros que, apilados en una esquina de mi mesa, me servían de inspiración para lo que trataba de hacer. Capote, Piglia, Cercas, Delphine de Vigan..., y, especialmente, Emmanuel Carrère. Sus obras eran las que más veces abría y consultaba, sobre todo *El adversario* y *Una novela rusa*, seducido por su particular modo de contar y su manera de intercalar lo personal con el objeto de la narración.

Durante esas semanas me sumergí en las páginas de *El Reino,* el único libro de escritor francés cuya lectura había ido postergando hasta entonces, tal vez intimidado por su tamaño y sobre todo por un argumento que, *a priori,* no me parecía demasiado atractivo: la reconstrucción de los inicios del cristianismo a través de las figuras de San Pablo y San Lucas. Sin embargo, en cuanto comencé a leer me di cuenta del error que había cometido. El libro dialogaba directamente con el pasado que yo quería reconstruir. Carrère relataba la historia de la consolidación del cristianismo, pero en realidad hablaba de su relación personal con la religión, y especialmente con el periodo de su vida en el que abrazó con fuerza la fe católica y se convirtió en un creyente devoto.

Me reconocí en esas páginas. Su lectura me condujo directamente hacia los años en que la religión también había sido para mí el nodo central en torno al que giraba la vida. Hace ya bastante tiempo que logré distanciarme, pero no puedo entender mi infancia y mi adolescencia sin la presencia constante de la Iglesia. Como Carrère, hubo un tiempo en que la religión fue el eje de mi existencia. Sin embargo, a diferencia de él, yo nunca tuve fe ni fui un devoto. Al menos no con la intensidad que él describe en su libro. Para mí todo aquello no era más que una rutina, una inercia de la que no sabía muy bien cómo escapar. Los años de monaguillo, la misa semanal, las confesiones, las lecturas de los domingos, los viacrucis, las catequesis, las reuniones con el párroco, las visitas al convento... Nunca llegué a creérmelo del todo. ¿Por qué lo hacía, entonces? Me lo he preguntado muchas veces y creo que al final he logrado dar con una respuesta. Lo hacía por lo mismo que he hecho muchas cosas en esta vida: por compromiso. Por una especie de deber adquirido del que no sabía cómo salir. Porque se suponía que eso era lo que me correspondía hacer en ese momento y no tenía el coraje de negarme. Por no decepcionar a mi madre o a mi hermano. Porque era más fácil seguir haciéndolo que decir que no.

Por eso fui monaguillo hasta los catorce años y acudí a misa todas las semanas hasta pasados los veinticinco, por eso hice la confirmación y me casé por la Iglesia, y por eso aún siento cierta culpabilidad cuando oigo las campanas sonar los domingos por la mañana y me quedo durmiendo en la cama. Porque la Iglesia está dentro de mí. La Iglesia y todo lo que representa. La culpa, el pecado, los prejuicios. También algunas cosas buenas. La caridad, la responsabilidad, el sacrificio, la piedad. Supongo que uno nunca deja de ser cristiano, aunque deje de creer, o incluso aunque nunca haya sido devoto. La Iglesia camina sobre nosotros y da forma a nuestra subjetividad. Se queda ahí para siempre, como un virus residente.

Curiosamente, gran parte de los recuerdos que tengo de Nicolás proceden de ese contexto, del tiempo que pasamos juntos en la ermita. Puedo evocarlos con más intensidad que los momentos del colegio. Los dos solos, en la sacristía, esperando a que llegase don Antonio, petrificados en el altar como monaguillos, tocando las campanas antes de misa, preparándonos para la primera comunión y, después, para la confirmación, repasando las lecturas y el salmo responsorial, echando agua en las vinajeras, pasando las bandejas durante las ofrendas, mirándonos siempre de reojo, conteniendo a veces la risa, comulgando los últimos antes de que el cura guardase el cáliz con las formas en el sagrario.

Nos encontrábamos cada domingo allí como cristianos. Pero jamás tuvimos una sola conversación religiosa. Y no puedo decir si él tenía fe o fingía como yo. Si todo aquello tenía sentido o no era más que una tradición obligada, algo que uno tiene que hacer, como lavarse los dientes, peinarse o comerse el arroz con tenedor. Una inercia que uno sigue para no enfadar a nadie. Porque Nicolás, como yo, tampoco enojó a su madre y continuó yendo a misa todos los domingos después de haber dejado de ser monaguillo. Y, como yo, también siguió saliendo a leer la palabra de Dios. Y tomó el cuerpo de Cristo. Todas las semanas. Hasta el domingo previo a la noche en que sucedió todo. Quizá sin creer en nada. O pensando en el cielo y el infierno. Sosteniendo la fe en el perdón de los pecados, la resurrección de la carne y la vida eterna.

Aquellos años marcaron lo que soy. Los años en que confesaba mis pecados, vestía de negro con una cruz al cuello y los curas de Murcia me saludaban por la calle. Los años en que incluso acaricié la idea de entrar en el seminario. Afortunadamente, esa idea voló de mi cabeza y rápidamente tomé conciencia de que no creía lo suficiente –ni en los dogmas ni mucho menos en la institución– para consagrar mi vida a la Iglesia. Sin embargo, durante bastante tiempo he difundido la mentira de que, en efecto, ingresé en el seminario y estuve a punto de ordenarme sacerdote. Lo dije cuando comencé a trabajar en una universidad católica y a veces lo repito cuando estoy entre amigos ateos o anticlericales. Lo hago como una forma de provocación y también para mostrar cómo se ha transformado mi vida en los últimos años. Pero es falso. Jamás llegué a entrar en el seminario. Al menos, no con la intención de ser cura. Porque lo cierto es que la mentira se funda en una pequeña verdad: durante algún tiempo, tomé clases de órgano litúrgico en el centro de estudios del seminario de Murcia. Fue en los primeros años de la universidad, cuando estaba enamorado de la música sacra y quería convertirme en organista, como César Franck.

Esa extraña obsesión nació unos años antes, en la academia de música que unas monjas clarisas montaron en un pequeño convento junto a la ermita de la huerta. Allí fue donde sor Francisca me enseñó solfeo y piano, me fotocopió varios libros de partituras de música barroca y me prestó decenas de discos de Händel, Bach y Pergolesi. Allí fue también donde se formó la escolanía en la que acabé ejerciendo de organista durante algunos años. Ensayábamos varios días a la semana, cantábamos en bodas, comuniones y todo tipo de celebraciones litúrgicas, e incluso llegamos a ofrecer algún que otro recital en la ciudad. Aunque en más de una ocasión el mal genio de la monja lograba convertir la actuación en una turba de bufidos y recriminaciones, confieso que en el fondo me seducía todo aquello. Me hacía sentirme importante. Y, por encima de cualquier cosa, me emocionaba la música que cantábamos: la *Pasión según San Mateo* de Bach, el «Gloria» de Vivaldi, el «Sanctus» de Gounod o el «Ave Verum» de Mozart. Y la que tocaba yo al órgano: el «Adagio» de Marcello, el «Aria» de la *Suite en Re* de Bach, la «Meditación» de Massenet y, por supuesto, las piezas de César Franck, simplificadas y adaptadas a mi nivel de órgano.

A menudo se me erizaba la nuca con los pianísimos del *Stabat Mater* de Pergolesi o las disonancias del «Panis Angelicus» de Franck. Creo que eso fue lo más cerca que estuve de la fe verdadera. Como Cioran, pensaba que «la música es la emanación final del universo, como Dios es la emanación última de la música».

Esa era mi verdadera religión. No el rock. Ni el pop. Ni el heavy. Ni cualquiera de las músicas que escuchaba la gente de mi edad. En plena adolescencia, estaba convencido de que todo lo que venía después de Shostakóvich era simple ruido y que eso que taladraba los tímpanos de mis compañeros no era más que una amalgama de armonías burdas y ritmos frívolos que se repetían sin ningún tipo de gracia. Por eso, mientras ellos forraban sus carpetas con fotografías de Axl Rose y Jim Morrison, yo lo hacía con partituras de motetes de Palestrina y fotos del órgano Merklin de la catedral de Murcia. Por eso no soportaba ir a los bares a que me reventasen los oídos y, como un anciano resentido, observaba cómo se corrompía la juventud. Por eso, entre otras cosas, me perdí la adolescencia. Mucho más adelante, después de terminar la tesis doctoral y comenzar a trabajar de profesor en la universidad, mis gustos cambiaron. Fue entonces cuando me abrí a la vida, a los bares, a las salidas nocturnas y a la música de mi generación. En la treintena descubrí el rock, el pop, el indie, la electrónica y el tipo de música que la gente disfruta cuando es joven. Me suscribí a *Rockdelux* y dejé de escuchar Radio Clásica. Sintonicé Radio 3 y cambié a Purcell por New Order, a Sibelius por The National, a Jean-Baptiste Lully por Daft Punk, a Tomás Luis de Victoria por Los Planetas. Y también sustituí los conciertos de órgano en la catedral por los festivales modernos en grandes explanadas. Fui al SOS 4.8, al Lemon Pop, al FIB, al B-SIDE, al BBK o al Primavera Sound. Me mezclé con adolescentes. Cambié los pantalones de pinzas por vaqueros, los mocasines por zapatillas New Balance, las camisas de vestir por camisas de cuadros, el maletín por la mochila. La juventud me llegó demasiado tarde. Hice el camino inverso. La vida al revés. Dejé a un lado todo aquello que había llegado a ser y quise recuperar el tiempo perdido.

Pero hay cosas que nunca regresan, y el tiempo es una de ellas. Tal vez por esa razón continúo estando desincronizado. Es lo que aún experimento al escuchar por primera vez a grupos que para mis contemporáneos forman parte de su memoria, cuando disfruto bailando «Blue Monday» o me emociono con Los Planetas, cuando me sobreviene la nostalgia de lo que debería haber sentido si todo esto hubiera llegado en el momento que correspondía, cuando pienso en todo lo que me he perdido, en todas las fiestas, en todos los conciertos, en todos los momentos que dejé pasar, encerrado en mi cuarto, resentido con el mundo, escuchando en mi walkman las cintas de Naxos con los conciertos de Corelli, actuando como una especie de genio incomprendido que vivía en un mundo que no estaba hecho a su medida. No me arrepiento del todo. Soy quien soy gracias a aquel yo del pasado. Pero confieso que a veces siento algo de pena por él.

Al fondo, tocan a misa. Deben de ser ya las diez. Tiempo después, el cura llega a la explanada. Te saluda y entra un momento en la casa. Breve. Apenas diez minutos. Al salir, se acerca y te dice:
Tengo que hablar contigo. Ven a dar un paseo.
¿Ahora?
Ven. Quiero hablar contigo.
Te lleva al camino de la torre, alejado de todos.
Necesitas andar, dice. Andar es bueno. Aclara las ideas. Sé cómo te sientes. Es un momento duro. Sé que tienes rabia. Pero no dejes que te consuma. Y, por encima de cualquier otra cosa, no culpes a Dios.
Lo miras sin saber muy bien qué decir.
No lo culpes, repite. Que esto no te haga perder la fe.
La puta fe, piensas. ¿Sabrá acaso él la fe que tienes? Lleva apenas dos años en el pueblo y ya cree que lo conoce todo.
Llamadme Pedro, sin don, recalcó cuando llegó.
Un cura moderno, dice tu madre. Sabe jugar al *Super Mario* y en las homilías habla de Sharon Stone. Después señala a los fieles y dice que están muertos por dentro.

Que sin Dios no son nada. Mira a la fila de los jóvenes y les advierte:

No os encerréis a masturbaros en vuestras habitaciones. Porque el diablo aparece cuando estáis solos. Necesitáis la comunidad. La familia. Porque la familia es lo único que importa. Es ahí donde está Dios.

Eso dice en las homilías. Eso dice en las clases de religión del instituto. Y eso te dice también ahora: No estás solo. No te cierres a Dios. Dios está contigo. Por favor, no lo culpes. Ni tampoco a Nicolás. Él estaba solo. Ha sido el diablo. El demonio. El demonio le ha obligado a hacer lo que ha hecho. No culpes a Dios. ¿Quieres confesarte? ¿Quieres que Dios te perdone por lo que ahora piensas de él?

Vete a la mierda ya. Y dile a Dios que se vaya también a la mierda. A la puta mierda.

Eso es lo que quisieras decir. Lo que piensas en estos momentos. Pero guardas silencio y miras hacia el suelo.

Reza, Miguel Ángel. Reza por él, pero sobre todo reza por ti. No culpes a Dios. Pídele que esté contigo ahora. No lo cuestiones. No le guardes rencor. Dios es amor.

Rezaré, dices.

Y regresas a la explanada.

3

Pasé agosto entero escribiendo. Algunos creyeron que había desaparecido. Dejé las salidas nocturnas, los compromisos, e intenté desconectar del mundo, incluso de la gente más cercana.

Una tarde, en pleno encierro, recibí una llamada de mi vecina Julia:

–Hijico, estoy mala –dijo con la voz temblorosa–. Decías que ibas a venir a verme en las vacaciones y no se te ocurre siquiera descolgar el teléfono para llamarme.

–Julia, estoy escribiendo. Aunque no vaya a la universidad, trabajo en mi casa y no tengo un minuto libre.

–Estás al lado, tardas cinco minutos en venir y no vienes. Yo me contento con verte.

–Voy a intentar escaparme.

–Tienes tiempo para lo que quieres. Pero para mí siempre estás ocupado. Si supieras lo que yo te quiero vendrías a verme.

Tenía razón. Por azar, habíamos acabado viviendo en el mismo barrio y, aun así, dejaba pasar demasiado tiempo sin verla ni llamarla. Era consciente de eso. Viuda, ya casi cerca de los noventa años, yo había sido lo más parecido a

un hijo que había tenido en su vida. Y, en cierto modo, yo sentía también lo mismo por ella. Pero nunca he sido demasiado familiar. Ni con mi madre, ni con mis hermanos, ni siquiera con mis amigos. No sé si es egoísmo o la necesidad de vivir mi vida sin tener que dar explicaciones a nadie. En ocasiones los demás pueden sentir que los abandono. La Julia, desde luego, lo cree. Y me lo hace saber siempre que tiene la oportunidad.
—Mañana voy, Julia, te lo prometo.
—No me engañes, como siempre haces.

No la engañé, y la tarde siguiente fui a visitarla, a permanecer allí, en el patio, dos horas sin hacer nada más que estar sentado y hablar. O, mejor, escuchar sus quejas:
—Estoy comía de dolores, hijico. No me puedo valer ya. Y tú no vienes a verme.
—Julia, tengo que terminar el libro que estoy escribiendo.
—¿El de los zagales? —preguntó.

Le había hablado de la novela en alguna otra ocasión.
—Sí, el de los zagales.
—Ese libro ya no lo veré yo. Me voy a morir antes.
—Calla, Julia, no seas ceniza.
—Es que estoy muy mala, hijico, ya no me valgo. Además, si lo escribes no lo voy a poder leer. Cada vez veo menos.
—Yo te lo cuento.

A pesar de no haber ido jamás a la escuela, había dedicado atención a todo lo que yo había escrito. Tenía todos los recortes de periódico en los que se decía algo de mis libros y, palabra por palabra, había leído mis novelas e incluso mi tesis doctoral. Utilizaba una estampita de la Virgen de la Huerta como marcapáginas.
—¿Y qué estás escribiendo en el libro nuevo ahora? —preguntó—. ¿Salgo yo?

–Sí –sonreí.
–Pero si no sé hablar... ¿Cómo me van a entender?
–Ya buscaré la manera de que te entiendan, Julia. Tú me cuentas las cosas y ya verás como todos las comprenden.
–Es que aquello fue muy gordo, hijo –comenzó a decir–. Yo nunca he tenido tanto miedo en mi vida. Ay, ¿qué se le pasaría por la cabeza al Nicolás? Qué lástima de hijo. ¡Cuánto sufriría corriendo por el monte hasta tener que saltar! Me acuerdo mucho de él, ¿sabes? Más que de la Rosi. Y me da mucha pena. Y su madre, también su madre. La pobre Rosario. Se murió sin creer que su crío había hecho eso. Íbamos a andar todas las mañanas juntas, ¿te acuerdas?
Asentí.
–Y después de que pasara eso tan feo yo no quise llamarla para que se viniera, pero una mañana ella me dijo que quería salir a andar. Siempre había sido poco habladora, la Rosario. Y a partir de ese momento hablaba menos aún.
–¿Y nunca te contó nada después?
–Nunca. Bueno –dudó un momento–, solo una vez, sin que yo le preguntara nada, me dijo: Mi Nicolás era muy bueno. Él no hizo lo que la gente dice. A mi Rosi la mataron. Pero él no fue. Mataron a mi Rosi y se llevaron a mi Nicolás. Y luego lo empujaron y lo tiraron por el barranco. A mi Nicolás también me lo mataron.
–¿Y tú qué le dijiste?
–Le di la razón. Y le dije que si eso era lo que creía, pues que hablara con la policía. Y me dijo que ya lo había hecho y que no le hacían caso, y que por eso tuvo que cambiar todas las cerraduras. Yo también las cambié. Y puse luces en el patio y en la cuadra.

–Pero si estaba claro lo que había pasado.
–Lo sé, hijo, pero a mí se me metió el miedo en el cuerpo. Y ya no se me quitó nunca. Hasta que me vine a esta casa del pueblo. Aquí estoy más acompañada.

Pasé con ella toda la tarde, apuntando en el móvil lo que decía. Casi todo lo que me contaba volvía sobre lo que ya sabía. De un modo u otro todo estaba ya en mi cabeza. Solo algo de lo que me dijo me resultó chocante.

–Era muy bueno, el Nicolás. Lo decía también su tía de Alquerías. Esa misma noche, después de la cena, la llevó en coche al pueblo, ¿sabes? Y de camino se cruzaron con una mujer que les hizo el alto. Serían más de las doce de la noche. Y su tía le dijo que tuviese cuidado a la vuelta. Él le contestó que no se preocupase, que iba a volver por otro camino para no encontrarse con ella.

–¿Eso te lo contó su tía?

–Sí. Para que viera lo bueno y prudente que era su Nicolás.

La historia me sorprendió. Nunca la había oído. Aunque no me servía de mucho, por un momento disparó mis especulaciones. Estaba tan dentro de la novela que cualquier mínimo detalle desconocido servía para la interpretación. Una chica, sola, en Nochebuena, a la entrada del pueblo, haciendo autostop a las doce de la noche. ¿Habría dado la vuelta Nicolás y se habría vuelto a encontrar con ella? ¿La habría subido al coche? ¿Tendría algo que ver con lo que sucedió después?

Probablemente esa información no tuviera el menor sentido, pero cuando la oí de boca de la Julia no pude evitar conjeturar. Seguramente la policía no sabía nada de eso, y había que considerar esa vía. O tal vez yo había visto demasiadas películas y mi imaginación había comenzado a desbordarse. Además, tenía claro que yo no iba a intentar resolver nada. Mi libro no exploraría esa vía policial. Eso ya lo intuía entonces. Simplemente había datos, experiencias, recuerdos. Y yo los escribía. No tenía por qué interpretarlo todo. Aun así, la imagen de esa mujer sola en medio de la noche rondó por mi cabeza durante varios días.

En la explanada encuentras las cámaras grabando a los vecinos. Reconoces a uno de los periodistas. Mateo Campuzano. El de las noticias de Tele Murcia, no puedes evitar pensar.

Son rapiña, dice alguien. Vienen a sacarlo todo. No respetan el dolor. Deberían dejar a la gente tranquila. Buitres.

El periodista se acerca hasta donde estás tú.

¿Quieres hablar? Nos han dicho que era tu amigo.

No. Prefiero no hacerlo.

Son rapiña, piensas. No respetan el dolor.

Es mejor que hables, insiste, que digas cosas buenas de él, que los demás sepan cómo era tu amigo.

Tú quisieras huir de ahí. Pero al final te convence y accedes.

Mírame a los ojos a mí, dice, no a la cámara.

Estás nervioso. Ni siquiera sabes lo que dices. Notas salir la voz entrecortada de tu cuerpo, pero no controlas las palabras.

Al terminar, piensas que has traicionado a Nicolás. Has hablado de él. En público. No imaginas que veinte años después escribirás una novela y volverás a tener la misma sensación. Tampoco imaginas que esas imágenes regresarán en el futuro para romperte por dentro. No sabes —por supuesto que no lo sabes— que tus lágrimas y tu voz entrecortada volverán a sonar años después. Todavía no sabes nada. Estás temblando. Es la primera vez que te sitúas ante una cámara. Y para el periodista —para todos, en realidad— eres amigo del asesino.

4

El 1 de septiembre llamé por teléfono al centro territorial de RTVE y pedí que me pasaran con Cati Martínez.
—Claro que me acuerdo de ti —contestó después de explicarle quién era—. Aquí tienes el vídeo esperando sobre la mesa desde diciembre. Lo dejé ahí el día que te llamé y sigue en el mismo lugar. Pensaba que te habías olvidado o que ya no querías verlo.
—Por supuesto que quiero. He estado fuera todo este tiempo y ahora por fin ha llegado el momento.
—Ven cuando quieras. El lunes, por ejemplo, después de las noticias del mediodía. A las cuatro de la tarde.
—Ahí estaré.

Cuando subí al coche en uno de los días más calurosos del año —43 grados en la calle, casi 50 en el interior de mi C4—, comencé a notar que me acercaba a algo importante. Conduje con lentitud hasta el edificio de RTVE, aparqué justo en la puerta y me preparé para lo que iba a suceder.

Cati me esperaba en su despacho.
—Aquí está —dijo señalando la cinta de vídeo—. Es el bruto de la grabación. De esos diez minutos, apenas dos aparecieron en la noticia que se emitió. ¿Estás preparado?

A partir de ese momento, todo se aceleró. Entramos en la sala de visionado y comenzó la proyección de las imágenes.

–Si quieres, puedes grabarlas con el móvil –propuso. Y eso fue lo que hice.

Había imaginado que ese iba a ser el momento central de la novela –o al menos uno de ellos–: yo, solo, en la sala de visionado de la televisión, enfrentándome a mi pasado. Sin embargo, no fue así. La periodista estaba allí conmigo. Yo veía la pantalla a través de la cámara de mi móvil. Pero, además, las imágenes aparecieron de repente, solapándose con la cotidianidad. Mi prima Maruja, el Quique, las imágenes de la casa, la gente en la calle, el cadáver de Nicolás tapado por un plástico sobre una puerta que hacía de camilla improvisada, más declaraciones, mi hermano Juan...

–Y aquí estás tú –dijo Cati, que había permanecido callada casi todo el tiempo.

Ese fue el único momento de intensidad frente a las imágenes. Mi yo adolescente hablando compungido ante la cámara.

No tuve tiempo de analizar nada, de sentir nada, aunque notara mis ojos humedecidos desde el primer instante. Sabía que podría volver a las imágenes más adelante. Eso me tranquilizaba y me permitía frivolizar.

–Madre mía, tenía pelo ahí, ¿eh?

–Cómo has cambiado, hijo –comentó la periodista–. Pareces otra persona.

–A lo mejor lo soy.

Después de finalizar el visionado, le dije a Cati que me gustaría documentar la escena. No quería que se me escapase ningún detalle. Lo fotografié todo, incluso el papel de la cinta Betacam en la que estaba registrado el bruto de la grabación.

—Te lo puedes quedar —sugirió ella.

—Gracias. Te debo mil gin-tonics y mil libros.

—Con que acabes lo que has empezado, bien está.

—Saldrás en la novela.

—Eso se lo dirás a todas.

—Lo cierto es que sí.

Tras la entrevista no sabes qué hacer. Vuelves a casa para encerrarte en tu habitación. En el salón encuentras a tu madre y a la Nena, en penumbra, una frente a otra en torno a la mesa camilla. Tu madre sigue en camisón. La tristeza de su rostro es la misma que en los últimos días. La misma de siempre. Pero hoy no puedes hacerle frente. Hoy no preguntas por qué ni siquiera se ha peinado. Hoy necesitas estar solo. Durante todo este tiempo has estado rodeado de gente. Y con gente alrededor es difícil pensar. Incluso en silencio. Solo puedes hacerlo cuando no hay nadie cerca de ti. Como ahora. Tendido en la cama, boca abajo, intentando despertar de esta pesadilla.

Nicolás...

Su nombre sale de tus labios. Te lo dices a ti, pero es como si hablaras con él, como si lo llamaras, como si lo estuvieses convocando.

Nicolás...

¿Cuántas veces ha estado él en tu habitación? No sabrías decirlo. Leíais *Mortadelo y Filemón, Superlópez, Rompetechos, Zipi y Zape* y *El botones Sacarino*. En todos os reconocíais. Él era Mortadelo, pero sobre todo el botones Sacarino. Tú, Rompetechos, Filemón, a veces Superlópez. Los dos, Zipi y Zape. Inseparables. Habríais querido que las habitaciones estuvieran conectadas. Cuando le regalaron los walkie-talkie de largo alcance probasteis la distancia, pero la señal se cortaba poco después de los cien metros. Aun así, aprendisteis Morse y os escribíais palabras enigmáticas. Los dos lejos pero cerca, separados pero juntos. Después instalaste la Atari 2600 y os encerrabais a jugar. El boxeo, el tenis, el golf, el comecocos y el pinball. La maquinita esa os va a volver locos, decía tu madre. Y entonces buscabais el balón y jugabais a la canasta. Él no fallaba un tiro libre. Tú solo encestabas cuando estabas debajo del aro.

Nicolás..., dices ahora tendido en la cama. Y evocas en una imagen la vida que has pasado junto a él. Nicolás..., repites en voz alta. E intentas, por primera vez, comprender la muerte.

5

Cuando llegué a casa por la noche, Raquel acababa de meterse en la cama. Yo estaba cansado, pero sabía que no iba a poder dormir. Me encerré en mi despacho y comencé a sincronizar las imágenes en el ordenador. Mientras se descargaban, examiné con detalle la hoja de papel que me había entregado Cati:

>**Título:** Sucesos. Asesinato de su hermana y suicidio del homicida en la pedanía de Los Ramos.
>**Duración:** 00:08:35.
>**Contenido:** El homicida y suicidado es N. P. L., y su hermana, R. 00:54:40 Caseta con cadáver tapado con una sábana. 00:55:14 Rótulos de carretera de "Cañadas de San Pedro" y "Cabezo de la Plata". Calles del pueblo. Declaraciones de vecinos intercaladas con imágenes del pueblo. 01:00:47 Declaraciones de Miguel Ángel, amigo íntimo del homicida. 01:02:40 Fin.

Ningún vecino tenía nombre. Solo yo, «Miguel Ángel, amigo íntimo del homicida».

Doblé el folio y lo guardé en la parte de atrás del cuaderno en el que esbozaba los capítulos de la novela antes de escribirlos. Imaginé que, de un modo u otro, terminaría apareciendo en el libro.

Pasé la noche en vela frente a las imágenes, mirándolas una y otra vez, casi de modo hipnótico, apuntando sensaciones, ideas..., todo lo que se me pasaba por la cabeza. Como el protagonista de mi novela anterior, me sentaba a escribir delante de unas imágenes. En *El instante de peligro,* Martín escribía sobre una sombra inmóvil proyectada sobre un muro, unas imágenes del pasado. Ahora yo me encontraba también ante unas sombras del pasado. Ecos y fantasmas de un tiempo que se había ido. Y creo que fue precisamente eso lo que más me impresionó: la imagen de mi prima, de mi primo, de mi hermano, y sobre todo la mía, hablando a través del tiempo. Incluso más que el crimen, más que la noticia, más que el hecho de ver el cuerpo de mi amigo cubierto por una lona de plástico y colocado sobre una puerta apoyada entre dos sillas.

Lo transcribí todo. Ignoraba si lo iba a utilizar después, pero pensé que escribirlo era una manera de llevar el pasado al papel, detenerlo y exponerlo aún más ante los ojos. Me sorprendieron algunas de las declaraciones. Como la de mi prima Maruja, que vivía a la entrada del carril que conducía a mi casa: «El crío no se metía con nadie, ni hablaba mal de nadie. Bueno, es que no hablaba con nadie. Venía a jugar al baloncesto aquí con los críos... Y... era alguien muy solo. Porque esa familia es sola. Pero no es por eso que sea mala, es que... malos no son. Es que todos son muy solos.»

Apareció en la imagen mi primo Quique, uno de los hijos de la Maruja; después, otro de los vecinos. Todos contestaban lo mismo al entrevistador: «Era una persona excepcional.» «Nunca he visto nada extraño.» «Nadie podía sospechar esto.»

Imaginé la escena desde fuera. Todos los comentarios estaban llenos de lugares comunes. Esos lugares comunes que uno suele escuchar en las noticias y que nunca acaba de creerse del todo. Entonces apareció el rostro de mi hermano Juan y el tiempo se dislocó. En 1995 él tendría aproximadamente la edad que yo tengo ahora. Inmediatamente me trasladé veinte años adelante. Yo estaría a punto de cumplir sesenta, los años que tiene mi hermano ahora. Tuve la sensación de que allí, delante de mí, se abría una puerta de tiempo. Un umbral hacia un pasado que no se había ido del todo. Un pasado que regresaba a través de voces e imágenes. Así fue también como observé mi imagen y mi voz, como una especie de eco de la historia.

Periodista: Era tu amigo más íntimo.
Yo: Sí, de los más íntimos.
Periodista: ¿Teníais la misma edad?
Yo: Más o menos. Él era un poco menor, pero pocos días.
Periodista: De ayer, ¿qué sabes de él? ¿Qué hizo ayer durante el día?
Yo: Pues lo normal..., estaba jugando ahí sentado en la tapia al ajedrez con su primo... Y... lo normal, iba a pasar la Nochebuena en familia como todos los años.
Periodista: ¿Quedasteis en salir?
Yo: No, quedamos a ver si íbamos a hacer algo, pero al final... que hoy nos veríamos... y todo eso.
Periodista: ¿Tú no has visto nunca nada raro en él?
Yo: Nada, nada... Una persona... de las que he conocido... una de las mejores. –Se me corta la voz.
Periodista: A ti te veo como muy afectado.

Yo: Pues sí, porque... no me lo puedo explicar... y no sé..., no sé..., la verdad.

Periodista: ¿Te has enterado esta misma mañana?

Yo: Sí, a las cinco o así.

Periodista: Y, por supuesto, me comentabas antes, que das por hecho que él no bebe ni...

Yo: Nada. Ni bebe, ni fuma, nada. Es una persona que... ni le gusta llegar tarde a su casa, ni nada. Una persona de su casa... Estudiar... Nada.

Periodista: ¿Te ha comentado alguna vez o has visto que existiese algún enfado con su hermana o algo?

Yo: Nunca. Era su hermana... Yo tocaba a su puerta y preguntaba a ver si estaba: ¿Está Nicolás? Sí, espera un momento, que lo llamo. Así que... normal. Una relación de hermana-hermano normal.

Periodista: Tú estás en la escolanía. Creo que es jornada de luto y se ha suspendido el concierto.

Yo: Sí, íbamos a cantar esta tarde a las siete en San Bartolomé, pero, dadas las circunstancias, lo veo difícil. Y yo creo que no vamos a cantar al final.

Periodista: Gracias.

El rostro aniñado, los ojos enrojecidos, la perilla incipiente, la piel tersa, el flequillo sobre las gafas de metal, y mi cazadora verde que ahora sería vintage y moderna. Pero sobre todo mi modo de hablar. Mi acento murciano, mi inseguridad, mi timidez, mi tartamudeo. Apenas había salido de la huerta. Los limoneros que servían de fondo a la escena seguían siendo parte de mi hogar. Muchas cosas han cambiado. Pero otras muchas siguen en el mismo lugar.

¿Queda algo de él en mí? Quizá poco en la apariencia. La perilla incipiente se ha convertido en barba. El flequillo sobre los ojos ha desaparecido, como casi todo el pelo de la cabeza. Las gafas grandes de metal las he sustituido por gafas grandes de pasta. Cuando ahora estoy delante de una cámara pronuncio las eses y ya no me avergüenza hablar en público –no tanto como entonces–. Es posible, eso sí, que pesemos lo mismo, algo más de cien kilos. Hacemos los mismos gestos, tenemos la misma expresión cansada, la misma mirada triste.

«Cómo has cambiado, hijo», había dicho Cati al ver mi imagen en la pantalla. «Pareces otra persona.»

¿Soy otra persona?

¿Soy el mismo?

Aún no tengo clara la respuesta.

Me acosté pasadas las tres de la madrugada y no me pude dormir hasta después del amanecer. Di varias vueltas en la cama y en una de ellas desperté a Raquel.

–¿Te ocurre algo?

–He visto el vídeo. No me duermo. Está todo ahí. Mañana te lo enseño.

–Venga, duérmete –me dijo, acariciándome como a un crío y llevando mi cabeza hacia su pecho.

Y así era como me sentía esa noche. Como un niño. Un niño mimado que se había partido en dos. No pude evitar enlazar esa sensación con las imágenes que había visto una y otra vez durante toda la madrugada. Raquel no lo sabía, pero en un mismo abrazo estaba acunando a dos personas, dos tiempos, dos llantos. Porque en ese momento, sin saber demasiado bien por qué, comencé a llorar. Algo se soltó por dentro y ya no pude parar. Y no sabía por quién lloraba, si por mi amigo, por su hermana, por el pasado, por todos los fantasmas que habían aparecido frente a mí, o si en el fondo lo hacía por mí mismo, por ese yo que había visto y que aún no sabía nada de la vida, ese yo que sollozaba porque había muerto su amigo pero no era consciente de todo lo que iba a llegar después, todo lo bueno y todo lo peor.

Si realmente existieran los viajes en el tiempo, si uno pudiera viajar al pasado, o abrir una ventana por donde verlo todo, supongo que la sensación se parecería mucho a lo que yo experimenté esa noche. Porque eso era lo que realmente había sucedido allí: había viajado al pasado y me había visto a mí mismo. Y la observación del pasado transforma el presente. Viajar en el tiempo siempre modifica las cosas. Mi visión de aquellas imágenes había removido algo en mi interior. Algo que aún no sabía muy bien lo que era pero que, por un momento, me hizo experimentar el presente con cierta distancia. Todas las certidumbres de mi mundo se vinieron abajo ante la incertidumbre de mi yo pasado. La culpa, la inquietud, la inseguridad..., todo se apoderó de mí. Yo, que todo lo sabía, que había logrado un entorno confortable donde todo estaba hecho a mi medida, de repente perdí pie. Mi yo de aquel tiempo jamás entendería aquello en lo que me había convertido.

¿Estaba bien lo que pretendía hacer, lo que pretendía escribir? Esas preguntas me las había hecho en alguna ocasión, y aunque me habían obsesionado, nunca me habían llegado a producir ese desasosiego. Pero esa noche vinieron desde un tiempo diferente, se introdujeron en mi cuerpo y ya no supe cómo sacarlas de allí.

Te levantas de la cama y te sientas junto al escritorio. Abres un cuaderno, coges un bolígrafo negro y pruebas a escribir alguna palabra. Buscas algo que resuma tu experiencia y pueda apresar el momento. Pero aún no eres escritor. Y las palabras se transforman en líneas y espirales que atraviesan el papel. Garabatos sin forma que no puedes reconocer. Dejas que el brazo se mueva por sí solo. No eres tú quien dibuja. Es tu cuerpo. No eres tú quien pasa las páginas. Son tus manos. Tú estás en otro lugar, lejos de allí, perdido, sin tener demasiado claro cómo regresar.

Al volver al mundo real, arrancas las páginas y lo tiras todo a la basura.

Veinte años después, cuando escribas una novela, recordarás ese cuaderno de garabatos sin forma y pensarás que ahí estaba condensado todo lo que sentiste. Intentarás evocarlo con palabras y serás consciente de tu fracaso.

Aún no lo sabes, pero ya lo intuyes: las palabras siempre fallan; la escritura nunca llega al fondo de las cosas. Con suerte, lo bordea, lo toca, puede rozar la herida. Pero ese lugar siempre permanece oscuro, opaco, indescifrable, como los garabatos que ahora decides desechar.

6

Durante un tiempo creí que al ver las imágenes todo se iba a cerrar. Desde el principio, intuía que escribir esta novela iba a ser también un modo de buscarme. Y que esa indagación finalizaría tras situarme frente a mi yo del pasado. Probablemente esa era la razón por la que había demorado tanto la visita a la televisión. Sabía que ahí podía estar el final de la historia. Y, en cierto modo, sentí que algo sí culminaba allí. Pero al mismo tiempo también que algo se había abierto. Todo cobró realidad. Y lo que había dicho al periodista comenzó a resonar en mi cabeza: «... no me lo puedo explicar... y no sé..., no sé..., la verdad».

Veinte años después seguía sin explicármelo. Había comenzado a escribir el libro movido por esa incertidumbre, había considerado hablar con la Guardia Civil, buscar el informe judicial, el informe forense, hacer todo lo que mi yo adolescente —ese que no sabía hablar ni se podía explicar lo que había sucedido— hubiera querido hacer. Sin embargo, después de un año y medio lo único que había hecho había sido charlar con los vecinos y mirar en los archivos de la tele y del periódico. Repetir lo que ya todos sabían. Lo que dijeron, lo que vieron, lo que leyeron. Repetir el pasado, el trauma. Veinte años después. Pero ¿realmente quería saber lo que pasó? ¿Quería saber por qué Nicolás mató a su hermana? ¿Cómo lo hizo? ¿Cuánto se resistió ella? ¿Quería saber cuánto tiempo duró la pelea? ¿Cuántos golpes le asestó Nicolás? ¿Cuánto tiempo tardó ella en morir? ¿Quería saber cómo saltó él al barranco? ¿Desde qué altura? ¿Quería saber si su cuerpo –el de él– estaba lleno de moratones? ¿Cuántos huesos se fracturó en la caída? ¿Cuánto tardó en morir? ¿Quería saber todo eso? Y, sobre todo, ¿serviría de algo saberlo?

Hoy soy consciente de que esa no era la verdad que buscaba. Sin embargo, en esos días todavía no lo tenía tan claro. Y la incertidumbre que se despertó en mí al ver las imágenes del pasado me hizo creer que en realidad sí quería encontrar respuesta a esas preguntas, que tenía que seguir buscando, como un verdadero detective. Y, sobre todo, que me había embarcado en una novela y necesitaba continuarla de algún modo. Supongo que fue ese compromiso con lo que ya había comenzado, más que una verdadera necesidad de saber, lo que, en última instancia, me movió a iniciar la búsqueda del procedimiento judicial.

En el expediente tenía que estar todo, el atestado policial y el informe forense. Eso era lo que me había dicho mi amigo Leo, que además de escritor era abogado y sabía cómo funcionaba el sistema.

–Una pena que haya perdido el contacto con un colega que trabajaba en los juzgados –me contestó cuando le planteé explícitamente la posibilidad de buscar el expediente–. Hace tiempo que no lo veo y me da palo llamarlo

así, de pronto, solo para esto. Pero si algún día me encuentro con él, se lo comento.
–No te preocupes –le dije–. Buscaré por otro lado.
Ese otro lado era Luis Francisco, un juez gallego casado con una vecina de la huerta que, con el tiempo, se había convertido en amigo de mi familia. Respetaba a mi padre y supe que había sentido su muerte.
Conseguí su teléfono gracias a mi sobrina, que había estudiado con su hija y mantenía una buena relación con ella. Mientras sonaba el tono de llamada, dudé todavía cómo abordar la situación.
–¿Luis Francisco?
–Sí, ¿quién es?
–Buenas tardes, soy Miguel Ángel. El hijo de Juan Antonio. De la huerta. El hermano de José Antonio, Juan y Emilio. –Le di todos los detalles, como si estuviera presentando mis credenciales.
–Ah, sí –contestó tras un momento.
Percibí su recelo. Nadie llama hoy para ofrecer nada. Por lo general, el teléfono solo se usa para pedir favores o meter a los demás en un lío. Así que comprendí desde el principio su tono desconfiado. ¿Para qué lo llamaba después de tanto tiempo?
Creo que se tranquilizó cuando le comenté que no era nada urgente:
–Estamos bien. Estoy trabajando en una novela y quería preguntarte algo relacionado con lo que escribo.
Le conté entonces sobre qué escribía y le dije que me gustaría saber si era posible consultar los procedimientos judiciales o si, directamente, me debería olvidar de eso. Lo planteé de ese modo para que no pensara desde el principio lo que en realidad deseaba: que me ayudara a consultarlos. Y creo que utilicé la estrategia errónea, porque en

mi propia formulación estaba ya implícita la probabilidad de que eso no fuese posible.

Le encantaría ayudarme, me dijo. Pero consultar esos informes iba a ser muy difícil. Por el tiempo que había pasado, debían de estar en el archivo de Zaragoza o en Madrid, adonde se trasladaban los expedientes después de unos años. Yo no era parte implicada en el caso, por lo que no podía reclamarlo. Para un novelista que tan solo trataba de informarse no iban a poner a un funcionario a buscar durante varios días. Lo tenía difícil.

Como el homicida había fallecido, el caso había sido sobreseído. Así que el procedimiento judicial contendría lo mismo que podría encontrar en el expediente de investigación.

—Si conoces a alguien en la Guardia Civil —dijo—, pídele el favor. Va a ser la única salida.

—Eso haré —contesté—. Muchas gracias, de todos modos.

Dije esto intuyendo que se había quitado de en medio la responsabilidad. Más tarde, Leo me comentó que, si hubiera querido, habría intentado solicitar ese informe. Pero era un juez y lo que yo pedía estaba en el límite de la legalidad. Así que había actuado de acuerdo con lo que se esperaba de él. Había sido justo.

—De todos modos —comentó antes de despedirse y darme recuerdos para mi familia—, ahí está bastante claro lo que sucedió.

Me quedé unos segundos en silencio. Y continuó:

—El chico debió de intentar abusar de ella. Es posible incluso que tuviesen algún tipo de relación. Pasa mucho en ambientes cerrados y pequeños. Probablemente esa noche él estaba celoso por alguna razón. Y no pudo soportarlo.

—Sí, sí, eso parece claro —contesté sin vacilar demasiado, aparentando que yo también había llegado a esa conclusión.

Cuando colgó el teléfono, permanecí un tiempo pensando en la frialdad con que me había hablado del caso y la contundencia con que había expuesto lo sucedido. Era la primera vez que una voz autorizada se refería al móvil sexual. Se lo había oído decir a Garre y también a algunos vecinos. Siempre revoloteaba en la conversación. Se decía o se ocultaba, pero estaba presente como una sombra. Era el lugar oscuro en torno al que giraban todas las especulaciones. Unas especulaciones que, durante toda mi vida, yo había intentado evitar.

¿Intentó abusar Nicolás de Rosi? ¿Lo había hecho anteriormente en alguna otra ocasión? ¿Tenían algún tipo de relación sexual? Uno de los primeros miedos que me asaltaron al empezar a escribir este libro fue, precisamente, la toma de conciencia de que, antes o después, tendría que afrontar estas cuestiones. Había cerrado los oídos ante la maledicencia y los rumores infundados. Me había resistido a las habladurías de Garre y del resto de los vecinos. Sin embargo, las palabras del juez, concluyentes e inequívocas, comenzaron a derribar esa especie de barrera que yo había elevado para evitar la especulación. Y esa misma tarde me sorprendí considerando, por primera vez en todos esos años, la posibilidad de que Nicolás, en efecto, hubiera intentado abusar de Rosi. Aunque me sorprendí aún más al tomar conciencia de que ese no era un pensamiento nuevo para mí. De alguna manera, había estado ahí agazapado todo el tiempo, pero yo me había resistido a formularlo con claridad. De hecho, mi reacción a los comentarios del juez —«Sí, sí, eso parece claro»— no había sido tanto una manera de fingir que yo estaba de acuerdo con su interpretación como una respuesta de mi inconsciente: Nicolás intentó violar a su hermana.

Cuando escribí esas palabras en el documento en el que esbozaba la novela, sentí un aguijonazo en el estómago. Acababa de traicionar a mi amigo. Desvelaba algo que me había prometido mantener a raya hasta estar totalmente seguro, hasta tener algún tipo de indicio. Había comenzado este proyecto intentando dejar a un lado lo que yo pensaba que había sucedido, dando voz a los otros y apagando la mía. Sin embargo, esa tarde aquel pensamiento cruzó por mi mente y habría sido deshonesto no dejar constancia de ello. Aunque lo dijera con la boca pequeña. Aunque lo escribiera presionando con levedad el teclado, en voz baja, avergonzado por haber cedido también a la especulación.

Curiosamente, las palabras de un juez me habían hecho juzgar, posicionarme, romper esa distancia con el crimen que, a pesar de todo, había intentado mantener desde el principio. Porque escribir y pensar que Nicolás había abusado de Rosi introducía otro elemento en la ecuación: ya no era solo mi amigo el asesino; era también mi amigo el violador. Y, por alguna razón, escribir «violador» dolía más —sigue doliendo— que escribir «asesino». Quizá porque escribir «violador» conduce a un lugar aún más atroz y cenagoso, a una violencia perversa en la que entra en juego el placer y el sexo. Y eso, en el caso de Nicolás, lo confieso, para mí sigue siendo inimaginable.

Aunque resulte difícil de creer, jamás hablé de sexo con él. Era un tabú entre nosotros. Percibía claramente su incomodidad cada vez que en una película aparecía un desnudo, un beso o cualquier encuentro sexual. Él bajaba la mirada. Y yo lo imitaba. Suponía que eso era lo que tenía que hacer. Lo correcto. Mirar para otro lado. El sexo era algo sucio. Una perversión privada que no podíamos compartir.

Cuando pienso en mi sexualidad de aquel tiempo, esa suciedad perversa regresa. Me recuerdo encerrándome en el baño a masturbarme con las revistas pornográficas de mi hermano Emilio, pensando en las actrices de cine, en las presentadoras de televisión, en las compañeras de clase, en las chicas del coro, en las monjas del convento, en mis primas, en mis vecinas, en mis cuñadas, en todas las mujeres de las que podía componer una imagen en la mente. Es probable que incluso en alguna ocasión me masturbase pensando en la hermana de Nicolás.

Recuerdo la viscosidad. Y recuerdo también la culpa y las lágrimas. Ese era mi secreto más espantoso. El ser sombrío que vivía en mi interior.

Aquellos fueron los años más oscuros, los de los deseos más insanos y limítrofes, los de una energía contenida siempre a punto de explotar. Seguramente por eso imaginar que Nicolás abusó de Rosi me sigue produciendo un desasosiego con el que no sé muy bien cómo lidiar. De algún modo, significa revivir aquel mundo cerrado y pecaminoso, repleto de fantasías inmorales e imágenes degeneradas. Pero, sobre todo, significa sospechar que algo de esa pulsión retorcida que pudo mover a Nicolás a abusar de su hermana también anidaba dentro de mí. ¿Hizo él algo que podría haber hecho yo? Quiero creer que no. Pero confieso que a veces pienso que aquella sexualidad reprimida, llena de culpa, pecado y remordimiento, también podría haberme conducido a lo más terrible. Y la mera consideración de esa remota posibilidad me llena de espanto.

Pasé la tarde entera dándole vueltas a estas ideas. En aquel momento pensé que la única manera de detener la especulación sería localizar el expediente. Imaginaba que allí podría encontrar alguna respuesta.

Al día siguiente, nada más levantarme, llamé a mi hermano Juan. Recordaba que él había hablado en alguna ocasión de su amigo el guardia civil.

–Sí, el inspector Jiménez –me confirmó–. Fue uno de los que estuvo en la investigación. Pero no era amigo mío. Lo trajo una vez el Larry a almorzar al Yeguas y allí fue donde lo conocimos. Pero creo que hace tiempo que perdieron el contacto.

El Larry, Hilario, era primo de los dueños del bar y amigo de la infancia de mis hermanos. Habían crecido juntos y en cierta manera formaba parte de la familia.

–Si lo ves, pregúntaselo, por favor –dije.

–Se lo diré a Emilio, que a veces se lo encuentra por las noches. Pero solo si te vienes el sábado a almorzar, que no te hemos visto el pelo en todo el verano.

–Venga –acepté–. Y celebramos San Miguel, que viene de camino.

Llega la noche y no sabes cómo vas a poder dormir. Cierras los ojos y tu cabeza se llena de los recuerdos del día. No dejas de dar vueltas en la cama y las imágenes no se van de ahí. El cuerpo de la Rosi. La entrevista en la televisión. Nicolás saltando por un barranco. Respiras profundamente e intentas fijar tu mente en un recuerdo placentero. Es entonces cuando regresa María José. Evocas su abrazo, percibes de nuevo sus pechos apretándose contra tu cuerpo y consigues frenar el flujo del pensamiento durante unos minutos.

Sientes la erección e introduces la mano bajo las sábanas. Te agarras con fuerza la polla y comienzas a masturbarte.

María José..., dices ahora en voz baja, en el mismo tono con que antes has pronunciado el nombre de Nicolás.

María José..., vuelves a susurrar mientras te bajas los calzoncillos y apartas un poco el edredón.

María José..., repites en la oscuridad elaborando la escena del abrazo.

Apenas tienes tiempo de fantasear con su cuerpo. Sientes la explosión de placer y el semen te cae sobre el abdomen.

De inmediato, el placer se transforma en dolor, y con el semen acuden también las lágrimas.

¿Qué has hecho? ¿Es que ya no respetas nada?

Mientras te limpias con el calcetín acartonado que guardas al fondo del cajón, no puedes reprimir el sentimiento de culpabilidad.

Has ensuciado la memoria de Nicolás. En lugar de rezar, has caído en el pecado. Estás enfermo. Tú sí que mereces despeñarte por un barranco. Por lo que has hecho ahora y por todo lo demás.

Te arrepientes.

Lloras.

Por ahora y por todo lo demás.

Te arrepientes de ese monstruo obsceno que te gustaría erradicar. El ser que ocultas pero que sabes que existe. Porque nadie en el fondo conoce esa abominación. Ni siquiera Nicolás. Solo una vez le enseñaste una revista. Y miró para otro lado. Supiste entonces que con él no debías hablar de eso. Porque él era recto. Un buen cristiano que sabía controlar sus impulsos. No como tú, que caes una y otra vez, que pecas un día tras otro. A pesar de las apariencias, a pesar de llevar la cruz sobre tu pecho, a pesar de ir a misa los domingos y creer que Dios te mira desde lo alto. Tú sí que eres un monstruo. Sobre todo, esta noche. Sucio, condenado, vacío, oscuro, impuro.

Te arrepientes.

Rezas antes de dormir.

Por Nicolás.

Por la Rosi.

Por ti.

7

Cuando llegué al Yeguas el sábado por la mañana, mis hermanos aún no estaban en el bar. Mientras los esperaba pedí un café para despertarme y me acomodé en una esquina de la barra, intentando escapar de las miradas del resto de los parroquianos. A pesar de todas las veces que había estado allí, sin la compañía de mis hermanos me sentía indefenso, incómodo, fuera de lugar. Probablemente eso fue también lo que percibió Abellán, a quien había saludado al entrar.

–¿Cómo llevas el libro? –me preguntó mientras se sentaba a mi lado.

Me sorprendió que me dirigiera la palabra. No olvidaba lo que había dicho una de las primeras mañanas en las que salió la conversación en el bar: no remuevas mierda. Él también parecía recordarlo.

–No me lo tomes a mal –dijo después de que le contestase que el libro iba lento pero bien–. Es que aquello fue tremendo. Y pasamos todos unos momentos muy desagradables. Menos mal que fue la Guardia Civil y no la Policía la que se encargó de eso. Yo no lo habría soportado.

–Imagino.

—¿Sabes? Yo llevé a su padre a recoger las últimas pruebas. Él estaba convencido de que alguien había entrado en su casa. Se lo trasladé a los compañeros, pero lo aclararon rápidamente: no hay duda, dijeron. El pantalón de él estaba lleno de sangre. Sangre de ella. La había golpeado con un peso. Hasta matarla. Y luego estaba..., ya puedes imaginar, lo otro. Está claro.
—¿El qué? –pregunté.
—Que la forzó. Está claro.
—Sí, sí, está claro.
—La compresa –detalló–. La compresa con alas no se despega fácilmente de las bragas. Y me dijeron que estaba en el suelo. La había forzado, no hay duda.

No supe cómo reaccionar a eso y le di un trago al café con leche que me acababan de dejar sobre la barra. Me abrasó la lengua y la garganta y los ojos se me llenaron de lágrimas. Abellán se quedó mirándome y supongo que imaginó que sus palabras me habían emocionado.

—Eran todo conjeturas –continuó–. Te lo comento de modo extraoficial. Eso fue lo que me dijeron. Pero, claro, la investigación se cerró. No había que buscar demasiado. El móvil podía ser ese. Y lo que estaba claro es que él era el homicida. Pasan demasiadas cosas en el mundo como para andar buscando todos los detalles de algo que ya no tiene remedio.

—Ya –concedí.

Abellán continuó:

—¿Y qué podía decirle yo a ese padre? Desde luego, nada de lo que me acababan de contar. Así que le expliqué que me habían comentado que iban a seguir investigando para agotar todas las vías. Ya ves, a veces es mejor mentir.

Asentí.

—Pero también a veces las mentiras las carga el diablo

–añadió–. Y mientras lo llevaba de vuelta a casa, el padre me comentó que había unos bloques en el patio de al lado y que él creía que era por ahí por donde habían saltado al interior de la casa. Si la Guardia Civil iba a continuar investigando, tenía que echar un vistazo. Al llegar a la huerta, toqué a la puerta de la Fina y le dije si podía entrar en el patio. Era cierto, junto a la tapia había una serie de bloques que habrían permitido a cualquiera saltar y entrar en el patio. Para eso, claro, habrían tenido que entrar primero en el patio de la Fina. Y, sobre todo, los bloques estaban llenos de telarañas. No se habían movido de allí en años. Nadie los había colocado allí para entrar en su casa. Se lo dije al padre. Pero no logré convencerlo. Nadie lo ha convencido nunca. Ni a la madre. Es más fácil cerrar los ojos que enfrentarse a la verdad.

Cuando mis hermanos llegaron a almorzar, se quedaron algo sorprendidos al verme allí hablando con Abellán. Me acabé el café, le di las gracias por su sinceridad y me senté a la mesa con ellos. Mientras traían los platos de morro, tocino y morcillas, apunté en el móvil la conversación que acababa de tener.

–He hablado con el Larry –comentó mi hermano Emilio–. Dice que hace ya mucho tiempo que no ve al guardia civil. Dejó el cuartel de Murcia y lo mandaron a otro destino. Pero no le han dado su teléfono.

–Bueno, al menos se ha intentado –respondí.

Durante varios días pensé en explorar otras vías, pero habían empezado las clases y la burocracia universitaria comenzó a devorarme poco a poco. Las reuniones de Departamento, las juntas de facultad, los informes de calidad de la enseñanza, las tutorías para trabajos de fin de grado, los tribunales de tesis, las propias clases de Teoría del Arte... se fueron llevando por delante el tiempo y la energía de la escritura, y con el paso de las semanas la novela fue quedando aparcada. La pereza me poseyó, y poco a poco la necesidad de saber fue desapareciendo. Y es posible que lo hubiera hecho del todo de no ser por la llamada que recibí el último jueves de octubre después de salir de clase:

–Vente mañana por la tarde al Yeguas –propuso mi hermano Emilio–. El Larry ha localizado al inspector Jiménez.

IV. Performance

Despiertas. Martes, 26 de diciembre. No te duchas. Te vuelves a vestir con la misma ropa. La de ayer. La de toda la semana. La camiseta azul con el cuello desbocado, el chaquetón verde.

Desayunas en la mesa camilla, al calor del brasero de la noche anterior. La Nena sabe removerlo para que aguante hasta media mañana. Ha criado a tu madre y lleva medio siglo ahí, en el mismo lugar, día tras día, mirando por la ventana, sin apenas decir una palabra. Hoy, sin embargo, decide hablar:

Esos zagales están todos locos. Les viene de familia.

Después vuelve a mirar por la ventana y se queda callada, como una estatua de piedra.

Tú no dices nada. Te acabas rápido la leche con galletas y sales a la calle. Recorres el carril. Tu casa, la casa de tu hermano Juan, la de tu hermano Emilio, la de tu prima Maruja. Están todas en silencio. Todas vacías.

La gente está ya en la explanada. El ruido viene de allí. Todos esperan para el velatorio. Pero aún no han llegado los ataúdes. Todavía hay movimiento. La escena que aguardan aún no ha comenzado.

Está la Julia, está tu madre, están los vecinos. No está María José.
Ha vuelto a Murcia, dice su abuela antes de que le preguntes.
Y tú respiras aliviado. Al menos así no tienes que afrontar de nuevo la vergüenza, la culpa, el arrepentimiento. Aunque sea un alivio agridulce. Porque en el fondo te gustaría verla y representar el papel de amigo destrozado. Pero sin ella todo es más real, no tienes que sobreactuar. No hay distancia, el mundo está más cerca de ti.

1

Pasé el día preparando la entrevista con el guardia civil. Cuando subí al coche para conducir hacia El Yeguas, fui más consciente que en ningún otro momento de que allí se estaba viviendo un instante narrativo: el investigador se encuentra por fin con quien estuvo en la escena del crimen y este le cuenta todo lo que sabe. Había visto esa escena en mil películas. La había leído en demasiadas novelas. Y, en breve, iba a suceder en la vida real. Una vida atravesada por la literatura.

Ahora, cuando lo miro con distancia, creo que esos días dejó de importarme lo que Nicolás hizo a su hermana. Y que lo que realmente me fascinaba era la experiencia de verme como el personaje de una novela, escribiendo la realidad con mis acciones y encaminándome por fin a la búsqueda de la verdad. Estoy convencido de que fue entonces cuando comenzó a fraguarse la performance banal que dio al traste con todo.

Llegué al bar poco después de las ocho de la tarde y me sorprendió encontrármelo cerrado. Había luz en el interior y me asomé por una de las ventanas. Antolín organizaba las mesas. Al verme mirar por la ventana, dejó lo que estaba haciendo, abrió la puerta y me invitó a esperar en el interior.

–Abrimos los viernes para las cenas, pero la gente tarda en venir –dijo mientras me servía una cerveza sin que yo la hubiese siquiera pedido.

Era la primera vez que veía El Yeguas totalmente vacío. Me resultó curioso imaginarlo como un escenario antes de la película, una escenografía desnuda, el momento previo a la aparición de los actores.

El primero en llegar fue mi hermano. El Larry había tenido que pasar a por el guardia civil y se iban a demorar algo más. No importaba. Cada momento de retraso era novelesco. La realidad dilataba su entrada en la ficción, la estructura del mundo se llenaba de tensión narrativa.

Casi cuarenta minutos después de la hora acordada, llegaron por fin el Larry y el guardia civil.

Mientras caminaba hacia nosotros no pude evitar compararlo con los inspectores de las películas. Barba de tres días, cabello sucio y amarillento, cazadora de piel marrón desgastada... Mentalmente, hice el repaso por todos los ítems del personaje oscuro y atormentado. Solo me sacó de la ficción la bolsa de tela blanca que colgaba de uno de sus hombros.

–Hombre, Jiménez –dijo mi hermano Emilio–. Siglos que no te veo. Mira, te presento a mi hermano.

El guardia civil me saludó con un apretón de manos fuerte, pero apenas me prestó atención. Como si yo no existiera, rápidamente se volvió hacia mi hermano y le preguntó por el trabajo.

–Una puta mierda todo. A ver si me hago viejo y me dan ya la jubilación. –Emilio intentó frivolizar, pero la ironía no le salía del todo–. Cinco años llevo ya parado y vengo en bicicleta al Yeguas para no gastar.

–Con lo que nosotros hemos sido, ¿eh, Emilín? –añadió el Larry, que, aunque seguía trabajando, había tenido que cambiar el Audi A6 por un Ford Escort de segunda mano que a veces dejaba lejos para que no lo vieran en el bar.

Tomaron las copas de cerveza y salieron a fumar a un pequeño patio junto al horno de brasas del restaurante, a punto ya para las cenas de la noche. Yo los seguí, también con la cerveza en la mano.

Durante más de media hora no dejaron de preguntarse por los amigos, los hijos, la política y los partidos del Madrid. Poco a poco, comencé a intuir que el pasado del que Jiménez había venido a hablar al Yeguas no era precisamente el que yo quería conocer. Eso creí hasta que, minutos después de habernos sentado a la mesa para cenar, me miró por primera vez y dijo:

–Entonces, ¿qué es lo que querías saber? Cuéntame.

Yo, que había comenzado a pensar en alguna estrategia para sacar el tema en mitad de la conversación, respiré aliviado. Y le expliqué entonces que estaba escribiendo una novela y que necesitaría consultar el expediente del caso y que, además, quería hablar con él para que me contase su experiencia, ya que lo había visto todo en persona.

–Bueno, eso creo –contestó–. ¿Me puedes recordar el caso?

–Dos hermanos. En la Nochebuena de 1995. Él la mató y luego se suicidó.

–¿Se encerró en el garaje con el coche arrancado?

–No, saltó desde un barranco.

–¿No fue el que le cortó el cuello y luego saltó desde la terraza?

209

–No, no. Seguro.
Busqué en el móvil la foto de la noticia de *La Verdad* y se la enseñé.
–Ah, creo que ya sé –dijo sin mucha convicción–. Sí, creo que sí. Creo que ese día estuve allí. Tendría que mirarlo.
–Coño, Jiménez, claro que estuviste –comentó el Larry–. Hemos hablado de eso. Puta memoria tienes.
–Ya, ya, joder –replicó Jiménez–, no te imaginas las mierdas que tenemos que tragarnos. De todos modos –añadió dirigiéndose a mí–, si el expediente está, te lo buscaré y no creo que tengas problemas en consultarlo. No se puede hacer, pero hay tantas cosas que no se pueden hacer en esta vida y al final se hacen...
–Te lo agradezco, de verdad. No te imaginas lo que eso supondría para mí.
Le dije eso para intentar cerrar la conversación. Sentía que no llegaba a estar cómodo con aquello. Parecía claro que en el fondo él había ido allí a otra cosa. Era un reencuentro y yo no quería ser un obstáculo.
Cenamos costillas a la brasa y patatas a lo pobre. El Larry no dejaba de pedir botellas de vino blanco. Conocía al distribuidor y había mediado en el trato con los propietarios del bar. La conversación iba y venía de un asunto a otro, pero en ningún momento pasaba por el caso por el que yo había preguntado. Era como si, conscientemente, Jiménez evitase aproximarse siquiera a lo ocurrido. Solo en un momento determinado, mientras volvía a rellenar mi copa de vino, me preguntó:
–¿Y tú crees que vas a poder soportar las fotos del expediente y todo lo que se dice ahí?
–La verdad es que no lo sé –contesté tras unos segundos de duda.

—Probablemente las fotos estén en blanco y negro, porque en ese momento solo revelábamos en color para el juzgado, pero aun así deben de ser duras. Y si dices que era tu amigo...

—Ya. Pero tengo que hacerlo.

Le pregunté entonces si uno se acostumbraba a esas cosas.

—Nadie se acostumbra a eso. A veces me cuesta dormir. Sobre todo cuando hay niños de por medio.

Y acto seguido contó que en los casos en los que tenía más implicación intentaba presenciar la autopsia.

—Las veo porque quiero saber más y porque el cadáver te lo dice todo. Y después tengo que ir a almorzar hasta reventar. ¿Cómo se explica eso? Se lo he preguntado a psicólogos y a compañeros y nadie me da una razón.

—Supongo que es una especie de conexión con la vida —comenté—. Quizá después de haber visto lo más animal en la muerte, la pura biología, necesitas sentir esa parte biológica en funcionamiento. Sentir que estás vivo, mover todo tu organismo por dentro. No sé, se me acaba de ocurrir ahora.

Jiménez se quedó un momento pensativo, volvió a rellenar su copa y, sin contestarme ni mirarme a la cara, cambió de tema de conversación.

A las doce de la noche el bar comenzó a vaciarse y pronto solo quedamos los cuatro en una mesa y una botella de White Label en medio. Yo no tenía nada que hacer al día siguiente, pero no sabía cómo iba a volver a casa con la cantidad de alcohol que llevaba en la sangre. Mi cuerpo ya no resistía más. Por eso cuando mi hermano sugirió que había llegado el momento de marcharse, yo me levanté con él y tuve que agarrarme a la silla para no caerme.

El Larry y Jiménez se quedaron un poco más.

–Tenemos que ponernos al día –ironizó el Larry mirando directamente la botella de whisky.

–Te intento buscar el expediente lo más pronto posible –dijo Jiménez–. Aunque estas semanas tenemos lío. Supongo que os habréis enterado: el lunes sale de la cárcel la parricida de Santomera, y tenemos que estar atentos.

–Lo he visto en las noticias –comentó mi hermano.

Yo también lo había visto. Habían pasado quince años desde que estrangulara a sus dos hijos con el cable del cargador del móvil, y ahora se cumplía la condena.

Sin pensar demasiado, pregunté a Jiménez:

–Si mi amigo no se hubiera suicidado, ¿cuánto le habría caído?

–No sé –contestó–, pero probablemente ya estaría en la calle. Seguro. Mira por dónde, ahí tendrías una fuente de información para tu novela.

Esbocé una sonrisa. Me despedí de ellos con un apretón de manos y de mi hermano con un beso.

Subí al coche con esas últimas palabras resonando en mi cabeza. Mientras volvía a casa, pegado al volante, con la visión borrosa y consciente de que debía haber pedido un taxi, no paré de darle vueltas a lo que habría sucedido si Nicolás hubiese ido a la cárcel y ahora, pasado el tiempo, hubiera regresado. Si todavía seguía recordándolo como un amigo, quizá fuera porque no había tenido que enfrentarme a su mirada sabiendo lo que era capaz de hacer.

Creo que esa noche fue la primera vez que pensé en cómo habría sido su vida si hubiera hecho frente a lo que hizo, y cómo sería ahora, pasados estos veinte años, regresando a casa, o buscando otro lugar, retomando el contacto con los amigos. Desde luego, esa habría sido una historia diferente. Y no tengo claro si habría podido contarla.

También por primera vez, consideré que Nicolás estaba mejor muerto. Y no solo por él, sino también, de modo egoísta, por todos los demás. Por todos los que habían quedado aquí y difícilmente podrían haber aguantado la mirada del monstruo al que un día habían amado.

Ya vienen, dice alguien.
¿Juntos? ¿También van a velar al asesino?
Dos coches fúnebres traen el silencio. Todos se apartan y ceden su espacio. Los vehículos se acercan y aparcan junto a la casa. Allí los reciben los hermanos y los padres.
¡Mi Rosi! ¡Mi Nicolás!, clama la madre.
Los hermanos callan. El padre mira al suelo.
Dos ataúdes. Dos cajas cerradas.
La madera los iguala. La víctima y el asesino. Son los hijos. Es ella y es él.
¡Mi Rosi! ¡Mi Nicolás!
Su única hija, su hijo menor.
Dos cajas de madera que no dejan ver nada del interior. Un enigma. Quién es quién. ¿Dónde está Nicolás? ¿Dónde se esconde? ¿A qué está jugando? No puedes evitar que ese pensamiento alcance tu cabeza.
Un juego.
Es la caja cerrada de las fichas del dominó. Nicolás tenía varias de ellas. Era lo que había quedado de cuando su casa era el bar de la huerta. Los vasos, el dominó y las barajas. Juegos de viejos.

Jugabais en el patio y a veces también en el salón. Él siempre ganaba. Igual que a todo. Recuerdas su rostro enigmático. En el dominó y en las cartas. La sonrisa fría, el gesto de despiste, la mirada indescifrable.

Quizá él era más ahí que en ningún otro lugar. Es de ahí de donde proviene la imagen fija que guardas en tu memoria. Detenido, mirando, cavilando, despistando con la sonrisa, callado, jugando a no decir.

Un juego. Siempre un juego. Un enigma. Siempre indescifrable. Como ahora. Más que nunca. Nicolás jugando al despiste. Y tú cayendo en su trampa. Sin saber cuál es su ficha. Sin adivinar cuál es la caja que guarda su cuerpo.

2

Pocos días después del encuentro con Jiménez en El Yeguas viajé a Toronto a un festival literario donde tenía que leer fragmentos de mi primera novela, recién traducida al inglés. Era la primera vez que asistía a un festival de esa entidad y durante una semana intenté olvidarme de Rosi y Nicolás. No escribí, no pensé en el libro, pero la historia no se fue del todo. Cada vez que me preguntaban por lo siguiente que estaba escribiendo, yo contestaba *«a non-fiction novel about a true crime in my youth»*. Con esta fórmula, sentía que la novela seguía allí conmigo.

Regresé a Murcia el día de Todos los Santos, justo para visitar en el cementerio la tumba de mis padres. Es la única vez en todo el año que subo al cementerio —escribo «subir» porque lo construyeron en una colina a las afueras del pueblo—. El año anterior, durante mi estancia en Ithaca, mis hermanos tuvieron que encargarse de poner las flores y limpiar el panteón familiar. Ese año, a pesar del jet lag y del cansancio, me sentía obligado a ir. Y, más que nunca, lo deseaba. Con la novela en la cabeza, suponía que ese día iba a ser diferente. Incluso era consciente de que lo que sucediera allí podría ser narrable, que todo lo que me pasase por la cabeza podría tener cabida en esta historia.

Mientras caminaba por la carretera empinada que conduce al cementerio no dejaba de pensar que tarde o temprano me iba a cruzar con las tumbas de mi amigo y su hermana. Nunca había tenido la valentía de situarme ante ellas. Cada primero de noviembre –o las escasas veces en las que había acudido al cementerio por algún entierro–, había logrado esquivarlas. Esa tarde, sin embargo, estaba dispuesto a visitarlas. Lo llevaba cavilando toda la mañana. Estaba convencido de que eso iba a suceder. En el vuelo de vuelta desde Toronto había llegado incluso a esbozar la escena.

Una gran calle divide el cementerio en dos partes. El panteón de mi familia está en la mitad derecha, el de la familia de mi amigo, en la izquierda, unas calles más abajo. Unos metros antes de llegar pude ver a sus hermanos, sus tíos y sus primos, absortos frente al panteón. Por un segundo se me pasó por la cabeza la idea de acercarme y saludarlos. Estuve a punto de hacerlo. Pero en el último instante no me atreví. Agaché la cabeza, aceleré el paso y me dirigí hacia la tumba de mis padres, confiando en que a la vuelta ya no hubiera nadie allí.

Mis hermanos habían llegado hacía un rato y conversaban tranquilamente sentados en las sillas plegables de madera que guardamos dentro del panteón. Los besé y me quedé unos segundos en silencio contemplando los nichos de mis padres. Al principio me costaba estar allí sin que mis ojos se llenaran de lágrimas. Con el tiempo, todo se ha enfriado. Ahora, al mirar las fotografías de mis padres en las lápidas de mármol, apenas esbozo una sonrisa amarga. Y pienso que estar los cuatro hijos allí, hablando de todo, recordando historias, es una especie de actuación, una reproducción de algo que una vez fue y que ya nunca más será.

Como en otras ocasiones, esa tarde imaginé que los cuatro sentados frente al panteón estábamos repitiendo una sobremesa, una conversación a la que mis padres prestaban atención desde sus fotos. Mientras contaba el viaje a Toronto a mis hermanos y les decía que el jet lag me había tenido toda la noche en vela, en el fondo también se lo contaba a mis padres. Sobre todo pensaba en mi madre, a quien siempre llamaba cada vez que regresaba de algún viaje. Aún recuerdo el vértigo que sentí la primera vez que ya no la pude llamar. Ni para decirle que había llegado a Oslo ni, después, que había regresado a casa. Creo que la costumbre incluso me hizo marcar su teléfono.

Nos quedamos frente al panteón hasta que el sol comenzó a ponerse y el viento frío de la montaña empezó a helarnos los huesos.

—Tengo que pasar a recoger a mi mujer, que ha ido a ver los nichos de sus padres —dijo José Antonio mientras plegaba su silla.

Emilio y Juan se levantaron con él y también plegaron las suyas.

—Yo aguanto un poco más —dije—. Cierro y apago las velas.

Era la mejor manera de quedarme allí para intentar visitar con tranquilidad el panteón de Nicolás. Unos minutos después, metí las sillas en el interior y apagué las velas para evitar que quemasen las flores. Cerré la puerta con llave y me santigüé casi inconscientemente. Hacía años que no iba a misa, pero había ciertos gestos de mi tiempo de católico que se me habían pegado al cuerpo como un tic.

—Hasta el año que viene —murmuré, sin saber realmente a quién se lo decía.

Crucé la calle que dividía el cementerio y comencé a bajar hacia la tumba de mi amigo, esperando que ya no hubiese nadie frente a ella. Sin embargo, al llegar a la altura del panteón, observé que sus hermanos seguían allí. Ya era tarde para cambiar de dirección. Y aunque pasé de largo, no pude evitar que me vieran. El menor apenas ladeó la mirada. El mayor sí que me saludó moviendo ligeramente la cabeza. Yo también le hice un gesto con la mía. Y en ese momento todo se me vino abajo. El malestar que había experimentado un año y medio antes, cuando nuestras miradas se cruzaron el día de la romería de la Virgen de la Huerta, regresó con una fuerza inusitada. ¿Qué era lo que estaba haciendo? Allí estaba la familia de mi amigo, ajena a lo que yo escribía, concentrada en un dolor privado que mi libro podría resquebrajar. ¿Cómo me sentiría yo si alguien escribiera sobre mis padres? ¿Hasta qué punto nos pertenecen las vidas de los demás? ¿Quiénes son, en realidad, los demás? ¿Los amigos? ¿La familia? ¿Qué derechos tenemos sobre ellos y sobre su memoria?

Mi amigo había muerto. Mi amigo había matado. Algo de ese sufrimiento también formaba parte de mí. En realidad, ese dolor propio era el sufrimiento sobre el que yo escribía. Eso fue lo que pensé en ese momento, cuando todas las preguntas se dispararon de golpe. Así intenté justificarme. Pero no lo conseguí del todo. Mi sufrimiento y el suyo eran incomparables. Si yo podía hablar, si, pasado el tiempo, podía escribir como lo hago ahora, era precisamente porque había algo que me dolía menos de lo que a ellos les podía doler. Porque mi vida no se había roto de esa manera irrecuperable en la que seguramente se había destruido la de ellos.

Cuando los vi frente al panteón, sin hablar, sin mirarse a los ojos, como estatuas, intuí que sus heridas no podían sanar. Y cuando regresé a casa esa tarde, volví a dudar sobre la necesidad de escribir acerca de todo aquello. Abrí el cuaderno de ideas y solo pude garabatear una frase: «Escribir... ¿para qué?»

No entres, Miguel.
Lo dice tu madre, también la Julia. Y tu prima Maruja.
No entres ahí. No es agradable.
Esta vez les haces caso. No entras. Te quedas en el exterior. Subido a la tapia, apoyado en la puerta, sentado en el suelo, fuera de la escena, pero sin poder evitar oír lo que sucede en el interior. Porque los muros no logran contener los lamentos.
La casa es una caja de resonancia.
Ay, mi Rosi, ¿por qué la habéis matado?
Ay, mi Nicolás, ¿qué le habéis hecho?
Con lo buena que era...
Con lo bueno que era...
Solo se oye a la madre. La Rosario. El resto son llantos, alaridos, gemidos imposibles de identificar. Pero la voz de la Rosario se te clava en la cabeza.
¿Por qué habéis matado a mi Rosi?
¿Por qué os habéis llevado a mi Nicolás?
Imaginas lo que ocurre en el interior de la casa. Lo reconstruyes con lo que cuentan los vecinos al salir:
Los han puesto en el salón. Uno junto a otro. Y una

foto sobre cada una de las cajas. No han abierto los ataúdes. Dicen que los cuerpos están destrozados.
La madre, de rodillas en el suelo, con los brazos abiertos, uno sobre cada hijo, no deja de llorar.
La Rosario..., pobre mujer.
La madre..., la madre..., es el único lamento de los vecinos.
El padre sigue en la explanada, apoyado en la puerta, como el día anterior. Los vecinos se acercan y lo saludan con un susurro. Le dan el pésame y él los mira. Contesta «Gracias» y los invita a pasar. Pero él siempre se queda fuera, apoyado a la pared, con la mirada en el mismo lugar de la primera noche.
En un momento vuestros ojos se cruzan. Te mira y no sabes si llega a verte. Pero tú sí que puedes observar su mirada. En ella ves el vacío. La nada más radical. No reconoces ahí ningún signo de humanidad. Son los ojos de un objeto. Una piedra. Mineralidad absoluta. Intuyes que esos ojos ya nunca podrán mirar. En ellos ha entrado la muerte. Como un virus. Y no se moverá de ahí jamás.

3

Más de un mes y medio después de nuestro encuentro, el inspector Jiménez seguía sin dar señales de vida. Tras varios correos y llamadas sin contestar, le insistí a mi hermano en que preguntase al Larry si sabía algo.

–Ha estado muy liado –me explicó Emilio por teléfono días más tarde–. Le ha comentado al Larry que te diga que te vayas haciendo a la idea de que no va a poder ser. Al parecer, no es tan fácil como había creído.

Nada es imposible, me había dicho. Pero eso sí que lo parecía. Tendría que esperar. No me quedaba otra opción. O al menos eso creía yo. Porque, una vez más, el azar vino en mi ayuda. Y fue esa misma semana, después de la entrega de un premio literario a un amigo, cuando conocí a Vicente.

El escritor Diego Sánchez Aguilar había ganado el Premio Setenil con su primer libro de cuentos, y Leo y yo decidimos acercarnos a la ceremonia de entrega en el Ayuntamiento de Molina de Segura. Llegamos allí justo cuando acababa de terminar el acto y algunos de los asistentes se encaminaban a tomar una cerveza a un bar cercano. Junto a Diego y su pareja estaban los miembros del jurado, varios escritores murcianos y algunos amigos que también habían acudido a la celebración.

Al entrar en el bar, Leo saludó a un chico con el pelo largo al que yo no conocía y estuvo unos minutos hablando con él. Al rato, lo acompañó hasta donde yo estaba y me lo presentó.

–¿Te acuerdas que te dije que conocía a alguien que podría echarte una mano con el expediente judicial? Pues aquí lo tienes: Vicente.

Lo saludé. Me llamó la atención su melena canosa sobre los hombros y su camiseta de Iron Maiden, descolorida y algo raída por los puños. Tenía pinta de cualquier cosa menos de funcionario de Justicia. Había coincidido con Leo en los juzgados de Cartagena, pero hacía tiempo que se habían perdido la pista. También conocía a muchos de los escritores del grupo y me sorprendí cuando dijo que había leído mis novelas.

–Es un friki de la literatura –dijo Leo–. Lo raro es que no os hubieseis conocido antes.

–¿También escribes? –le pregunté.

–No, tío, yo soy un Bartleby. Eso os lo dejo a vosotros. Pero leer... es mi enfermedad. El heavy y la literatura. Satán y Vila-Matas.

–Satam Aliv(E) –bromeé.

–Ahí te he visto bien. Cómo se nota que eres de la secta.

–Tal para cual –dijo Leo–. Os dejo solos.

Me quedé con Vicente un momento en una esquina de la barra y pedí dos cervezas. Conectamos al momento. Ciertamente, era extraño no haber coincidido con él en alguno de los saraos literarios murcianos.

—Es que me muevo poco de Molina —me contestó cuando le pregunté—. Solo para trabajar. Si salgo me emborracho y luego tengo que dejar el coche en Murcia. Me sale por un ojo de la cara la fiesta entre parking y taxi. Y los whiskies, claro.

Conversamos unos minutos sobre literatura. Como había anticipado Leo, Vicente estaba al tanto de todo. Seguía los blogs literarios y había leído todas las novedades del año.

—Pero cuéntame —dijo después de hablarme de las lecturas que tenía entre manos—, que aquí hemos venido a hablar de tu libro. ¿Cómo te puedo ayudar?

Mientras le relaté lo que estaba escribiendo, percibí claramente cómo se iba emocionando con la historia.

—Hostia, qué duro. ¿Y te vas a hacer un *A sangre fría* murciano o qué?

—Algo así, sí —sonreí—. El problema es que no encuentro el modo de acceder al expediente judicial para poder documentarme.

Le expliqué entonces que lo había intentado con un guardia civil y que había hablado por teléfono con un juez, pero que hasta el momento había sido imposible.

—No es fácil —me dijo—, pero hay que saber hacer las cosas bien. No es la primera vez que he visto algo así.

Tomó la copa de cerveza y bebió un trago bien largo.

—Lo hacen algunos periodistas —aclaró—. Y también los historiadores.

—¿Y es legal?

—Totalmente. Los archivos son públicos. Están para eso. Y después de un tiempo, si no hay secreto de sumario, existe lo que se llama «interés legítimo». Tú puedes alegar que tienes interés legítimo en ese caso. Por las razones que sean. Las tuyas parecen justificadas. Eres escritor y

además amigo del homicida. Y ha pasado la tira de años. ¿Cuándo dices que fue?
—1995.
—Entonces seguro que no hay problema. Lo único difícil, te lo digo ya, va a ser encontrar el expediente. Si es del 95 lo llevaron seguro a Zaragoza. Estar tiene que estar, pero que un funcionario mueva el culo y se ponga a buscarlo..., eso ya es harina de otro costal.
—En la noticia aparece también el juzgado y el juez instructor del caso. No sé si eso sirve de algo.
—Tampoco mucho.
Se la mostré en el móvil.
—Ah, coño, el número 3. Ahí estuve asignado un tiempo. Esto es otra cosa. Lo mismo me hacen el favor. Si está Mariví, cuenta con eso. Ay, colega —añadió con la cerveza en la mano—, qué suerte vas a tener... A Diego le han dado el Setenil, pero el que te ha caído a ti conmigo tampoco es malo.

No era malo, no. Lo que sí que me resultó fue inquietante. Ahora lo escribo y soy consciente de que esta serie de coincidencias se sitúa en el límite de lo creíble y deja en mantillas los azares de Paul Auster. La casualidad de encontrarme allí con Vicente y de que precisamente él hubiera trabajado en el juzgado que se había hecho cargo del crimen de mi amigo rozaba casi el deus ex machina. Pero la realidad tiene a veces una extraña forma de hablarnos. Y a esta novela se había dirigido siempre a través de lo inesperado.

Di gracias al azar e invité a Vicente a otra cerveza. Intercambiamos los teléfonos y prometió escribirme o llamarme en cuanto supiera algo.
—Ya sabes que luego saldrás en el libro —le dije.
—Tú cámbiame el nombre, no me vayan ahora a echar

del trabajo por la literatura. Que Bartleby sí, pero gilipollas aún no.

A los dos días, recibí en el móvil un mensaje suyo: «Asunto asesinato localizado. DPA 9897/95. Mariví lo ha pedido a Zaragoza. Cuando llegue me avisará. De dos a tres semanas, me han dicho. Ya te escribiré para decirte cómo darle forma al documento de interés legítimo. Lo difícil está hecho. Dale a eso, Capote.»

La explanada también comienza a llenarse de amigos. Llegan con sus padres. Ellos entran; los amigos se quedan fuera. Está Roberto, y están también Silvestre y Pedro Luis. El grupo de la huerta. Al principio, solo Nicolás y tú. Después construyeron el parque y el grupo comenzó a ampliarse. Tampoco demasiado. Cinco y, en ocasiones, alguien más. Roberto, que iba a vuestra clase en Los Ramos. Y los primos de Nicolás: Silvestre y Pedro Luis, dos años menores que vosotros. También Antolín, el hijo del Yeguas, los chicos de la vereda y alguno más de las afueras del pueblo. Los justos para poder jugar un partido. Cinco contra cinco. Tres contra tres. Dos contra dos y un portero. En el parque, en el huerto frente a la ermita, o incluso en la explanada de tu casa, sin porterías, dos piedras; el centro del campo marcado con tiza.

El grupo de la huerta. Participasteis en las fiestas del pueblo y aguantasteis tres partidos. Tú eras el más lento. Pero tenías toque de balón. Nicolás jugaba de central y no dejaba pasar a nadie. Se lo tomaba siempre en serio. En el campeonato y también cuando jugabais entre vosotros. Entraba duro y nunca se relajaba. Ni siquiera contigo. Recuerdas sus patadas en los tobillos. Sus balonazos cuando jugabas de portero. Era el que más fuerte chutaba. Lo hacía con rabia. Apretaba los dientes y rompía el balón.

¿De dónde venía esa fuerza? Te lo has preguntado alguna vez. Era la rabia. La misma con la que ganaba todos los pulsos. No importaba la robustez del oponente. Doblaba los brazos de todos. Tú apenas aguantabas unos segundos. Siempre has sido grande, pero nunca has tenido un ápice de fuerza. Y nunca has sabido lo que es la rabia. La suya estaba en sus ojos. La rabia del final. Porque para él todo era a vida o muerte. El fútbol, el tenis, el dominó, las cartas, la consola. No quería perder. No sabía cómo hacerlo.

Tampoco al ajedrez. Su última conquista. A eso tampoco nadie le ganaba. Ni siquiera su primo Pedro Luis, el mejor estratega de todos. Con él a veces quedaba en tablas. Podían estar horas en una partida. Pero nadie mataba a su rey. Allí también era inexpugnable. Protegiendo lo que era suyo. La partida infinita.

Así los encontraste hace dos días. En la tapia en la que ahora estáis todos sentados. Nicolás y Pedro Luis, jugando toda la tarde, hasta la cena de Nochebuena.

Esa fue la última vez que lo viste con vida. No podías imaginar lo que sucedería apenas unas horas más tarde.

Tampoco nadie imagina ahora —nadie puede hacerlo— que Pedro Luis también se irá un año después. Ahogado, en el mar, intentando atrapar un balón que las olas llamarán para sí. En esa escena ya no estarás tú. Pero sí el resto de los que ahora lloran contigo sobre la tapia.

El grupo de la huerta... desbaratado para siempre.

4

El mensaje de Vicente me animó. De dos a tres semanas, decía. Pero ya estaba en marcha. De nuevo comencé a sentirme el personaje de una novela. Tenía un informante, había pedido por mí el expediente, me iba a ayudar a encontrar el documento final que supuestamente daría sentido a todo. Ahora tocaba esperar. La novela estaba en suspenso. La realidad se había detenido. Y yo comencé a pensar en que tenía que forzarla para que se moviese hacia delante. Supongo que eso, la necesidad de hacer avanzar la acción mientras llegaba el expediente, fue lo que me llevó a concebir el pequeño viaje hacia el barranco. Quería ver el lugar desde el que saltó Nicolás. Lo había tenido presente desde el principio, desde los inicios de este proyecto. En algún momento incluso había llegado a pensar que podía ser una buena manera de acabar la novela: yo mirando el abismo por el que Nicolás se había tirado; yo situado en el mismo lugar que los personajes de la foto que ilustraba la noticia del periódico; yo allí, por fin, veinte años después. Allí era donde todo había acabado. Donde él saltaba al vacío. Allí también podría estar el fin de la novela, al menos una de las escenas más relevantes.

Mi hermano Juan conocía el camino y lo llamé para preguntarle cómo llegar.

–Voy contigo si quieres –me dijo después de indicarme la ruta.

–No te preocupes, prefiero ir solo.

Quería que ese instante fuera un momento de intensidad. Encontrarme con el espacio abismal desde el que Nicolás se arrojó al vacío, subir al Cabezo para cerrar la historia, experimentar en soledad la visión de ese lugar.

–No te acerques demasiado al borde. La tierra se puede abrir en cualquier momento bajo tus pies –dijo antes de colgar. Me resultó poética esta expresión, aunque intuí que para él tenía un significado literal.

Con sus indicaciones encontré el terreno en Google Maps y tracé allí la ruta para llegar. Salí un sábado por la mañana, justo después de desayunar. Y fue entonces cuando se me ocurrió. Nada más subir al coche. Lo pensé varias veces. Intuí que no estaba bien. Pero quise hacerlo. Subiría al Cabezo a buscar el sitio desde el que había saltado mi amigo. Pero no lo haría directamente desde mi casa. Me desviaría unos kilómetros para salir desde la explanada y repetir así el último trayecto que hizo Nicolás. Un escalofrío me recorrió el cuerpo nada más pensarlo. Aún no sabía por qué.

Algunos artistas contemporáneos también vuelven a experimentar momentos históricos, a realizar viajes y traer de ese modo el pasado al presente. Performances históricas, lo llaman, recreaciones, re-actuaciones. Supuse que rehacer el pequeño trayecto, el último viaje de Nicolás, podía ser también una suerte de performance histórica.

Podía, además, conectar el GPS y dejar los rastros digitales de ese camino. Después, la imagen del camino sobre el mapa formaría un dibujo. El trazo de la huida, la rúbrica de la muerte.

Meditaba acerca de todo esto mientras recorría la distancia que separaba mi pueblo de la explanada. Fui creando esta performance lúgubre sin tener demasiado claro qué sentido tenía hacerlo. Me veía a mí mismo como una especie de artista que quería realizar ese dibujo, rehacer el momento, recrearlo. Especulaba con la idea de que en el fondo la escritura es también una recreación, y que eso era lo que yo iba a hacer, repetir el pasado, dejarlo vibrar en el presente. También pensé durante el trayecto hacia la explanada en qué camino escoger para subir hacia el Cabezo. Recordé lo que había dicho Antolín en El Yeguas, que lo había visto pasar esa madrugada frente a su casa. Es decir, Nicolás había tomado el camino más largo. En lugar de cruzar por Alquerías había preferido atravesar la huerta, oscura y solitaria. Quizá en su cabeza siguiera aquella mujer que, según su tía, le había hecho autostop a la entrada del pueblo. O simplemente lo habría decidido por inercia. Desde luego, eso no parecía demasiado importante para mi viaje. Pero no pude evitar considerarlo mientras conducía hacia la huerta. Pensé entonces que eso sobre lo que yo había podido reflexionar con calma, Nicolás debió de decidirlo sobresaltado, en una décima de segundo, ansioso, con la cabeza llena de imágenes, espantado por lo que acababa de hacer. El coche fue su vía de escape, pero quizá también el lugar al que correr a refugiarse.

 Esas fueron las imágenes que me vinieron a la cabeza. Nicolás saliendo a toda prisa de su casa y subiendo al coche, introduciendo la llave, tembloroso en el arranque, observando sus manos llenas de sangre, pisando el embrague y acelerando a toda prisa, observando sus ojos en el espejo, o evitando su mirada en la oscuridad, reconociendo lo que había hecho, devorado por la culpa, por la incertidumbre, buscando una salida, un refugio, un lugar para frenar el tiempo.

Cuando, tras llegar a la explanada, di la vuelta, puse en marcha el GPS y comencé a subir hacia el Cabezo cruzando la huerta, percibí con toda claridad que ya no iba solo. Arrastraba conmigo alguna especie de fuerza. En ese momento me entró el miedo. Afortunadamente, hice el trayecto de día. Podría haber sido más literario –y macabro– y haber salido a las tres de la madrugada, o haber esperado un mes y medio y hacerlo en Nochebuena.

No fue necesario; todo viajaba ya conmigo. Desde el primer momento lo sentía en el cuello. Nicolás estaba allí, el pasado venía en el coche, erizándome la nuca, toda la espalda, hasta la mitad de la cabeza.

Por un momento imaginé que el coche funcionaba como una ouija. Me atemoricé e intenté transformar ese pensamiento en algo menos siniestro. Una puerta temporal. Habíamos visto juntos *Regreso al futuro*. En su salón. Nicolás fue uno de los primeros en tener vídeo en la huerta. Pensé entonces en mi Citroën C4 como un DeLorean que viajaba en el tiempo a través de alguna especie de vórtice en el que pasado y presente se tocaban. Pero no era un viaje cristalino, el traslado limpio de un objeto desde un tiempo a otro, como sucede en las películas. Era el tiempo entero el que se movía. El tiempo y el espacio. Sentía que el coche lo arrastraba todo, que dejaba estelas detrás de él, como si la atmósfera se hubiera hecho densa y el aire hubiera comenzado a compactarse. Casi podía verlo.

Me pareció que era precisamente eso lo que hacía que a mi coche le costase trabajo avanzar. El 127 de Nicolás habría volado por las carreteras oscuras de la huerta. Yo, en cambio, conducía a cámara lenta, fijándome en todos los lugares por los que él habría pasado: la ermita, el transformador, la curva pronunciada de la vereda, El Yeguas, las casas de los gitanos, todo... hasta el cruce del Reguerón. En ese momento apareció de nuevo el presente. Las vías del tren de alta velocidad y el nuevo proyecto de la autovía habían quebrado la huerta, partiéndola en dos. Ahí se rompía la repetición exacta del pasado. Las cosas no eran exactamente tal y como yo las había planteado. No era posible realizar el mismo recorrido. Aun así, seguí hacia delante, hasta llegar a la carretera de subida del Cabezo. Esa sí que seguía igual. Mejor asfaltada, con menos baches, pero igual de peligrosa, llena de curvas y pasos estrechos.

Entonces fue cuando sentí de nuevo la presencia de Nicolás. Lo imaginé conduciendo a toda prisa por aquella carretera oscura. Me miré en el espejo y por una décima de segundo no reconocí mis ojos. Intenté meterme en su cabeza. Jamás sabría lo que había pensado. Era inexpugnable. Pero sin duda la culpa lo corroería. Lo que había hecho, lo inimaginable... Durante unos segundos lo percibí todo. La fuerza extraña que había sentido en mis sueños.

Conduje a través del pueblo. A la derecha dejé la casa de Juan Alberto. Hacía tiempo que él también se había ido de allí. Siguiendo el camino que me había indicado mi hermano Juan, continué unos dos kilómetros, hasta encontrar una casa derrumbada y una balsa de riego. Ese era el lugar.

Cuando aparqué el coche junto a la carretera, de nuevo sentí que repetía el gesto de Nicolás. ¿Habría aparcado él allí?

Bajé del vehículo y descubrí el cuarto de aperos que había visto en las noticias de la televisión. Tenía un cartel de «Se vende». Probablemente el número de teléfono sería el de uno de sus hermanos.

El sol brillaba ya con fuerza. No hacía demasiado frío para ser noviembre. Parecía primavera, más que otoño. Caminé durante unos minutos buscando el barranco. Anduve despacio y aun así no pude evitar enredarme en la maleza. Imaginé a Nicolás corriendo en plena oscuridad. En mi retina guardaba la fotografía del periódico. Me recordé al protagonista de mi anterior novela, rastreando el muro que aparecía en las películas anónimas sobre las que escribía, persiguiendo una imagen, intentando sincronizar su recuerdo de la imagen con su visión del muro. También me recordé a mí mismo un año y medio antes, durante mi estancia en Ithaca, en mi viaje a las ruinas Folck's Mill, al encuentro del muro real en el que me había inspirado para escribir la novela, llevando la ficción hacia la realidad.

Pensaba en todo eso mientras buscaba el barranco de la fotografía y experimentaba en mi propia carne esa *heterocronía* acerca de la que había escrito. Aquí también los tiempos se daban la mano. El presente y el pasado. La imagen y la realidad. Cuando en Estados Unidos encontré el muro de Folck's Mill me emocioné al comprobar cómo la ficción y la realidad se anudaban y se posaban una sobre otra. Eso era lo que había pensado que ocurriría aquí, un cruce de tiempos que diese sentido a la escritura.

Sin embargo, cuando, tras cruzar un terreno escarpado, me tropecé con el barranco, la ficción se derrumbó. Y de repente mi actuación me resultó ridícula.

Al verme allí, como el caminante sobre el mar de niebla, la bruma se cernió sobre mí y me hizo cuestionármelo todo. En ese momento, mi acto me pareció un simulacro sin sentido. La acción se frenó súbitamente. Las cuerdas del telón se rompieron y mostraron las bambalinas. Las luces se encendieron. Todo se vino abajo. La distancia entre el yo que estaba allí y el yo para el que fingía se anuló. Incluso percibí la distensión de los músculos de mi cuerpo.

¿Qué hacía yo allí aquella mañana? ¿Quién me creía que era? ¿A qué coño estaba jugando?

La visión de aquel vacío actuó como un sumidero. El barranco se llevó de golpe todas las certidumbres. Rompió la performance y la convirtió en una parodia. Me sentí un impostor haciendo no se sabe muy bien qué. Pensé en la frase de Marx: primero como tragedia, después como farsa. La performance, el viaje, mi idea de rehacer el pasado no era otra cosa: una farsa banal.

Fue entonces cuando sentí que Nicolás se arrojaba de nuevo al vacío, que, al volverlo a traer al mismo lugar y repetir por puro entretenimiento lo que había sucedido, también volvía a matarlo. Casi pude ver su cuerpo delgado pasar corriendo junto a mí y precipitarse por el barranco. No me atreví a mirar hacia abajo y descubrir su cadáver destrozado en el suelo de la hondonada. Ya no me importó situarme en el mismo lugar en el que estaban las figuras de la foto del periódico. No quise emular el gesto de Juan Alberto señalando hacia el lugar en el que había encontrado el cuerpo de su primo. La performance había terminado. La literatura había fracasado.

Al subir al coche, de vuelta, apagué el GPS. Había pensado que el trazado del último viaje de Nicolás iba a ser poético, ingenioso, la línea dramática de la historia. Pero de pronto me volvió a parecer ridículo, obsceno. Recordé entonces unos garabatos que realicé al día siguiente de la muerte de mi amigo. No eran letras ni dibujos. Solo gestos del cuerpo. Trazos violentos con los que llené un cuaderno que acabé tirando a la basura. Comparado con ellos, el dibujo del GPS era un rayajo insignificante.

Caí en la cuenta de que tampoco había hecho ninguna fotografía del lugar. Allí me había encontrado con lo real, con la nada, con el vacío absoluto. Y ese vacío se lo había llevado todo por delante. No había representación posible. Tampoco las imágenes servían para nada.

Regresé a casa con la sensación de ser un impostor. Nicolás ya no venía conmigo. La realidad había ganado a la literatura. Y también había expandido la incertidumbre sobre todo lo que había escrito. Me llegué a cuestionar seriamente si en verdad me importaba esta historia o si en el fondo no era más que una excusa para escribir un libro. La sensación incómoda de haber jugado con el pasado se quedó en mi cuerpo durante varios días. Si había algo de ética en la escritura, esa barrera la había cruzado al emprender aquel viaje. O, en realidad, el viaje simplemente había desvelado lo que estaba debajo de todo, el modo en que había convertido la desgracia ajena en un objeto fácil de manipular.

Me encerré entonces en mi habitación y hojeé todo lo que había escrito hasta entonces. Tenía la forma de un thriller. Un escritor que regresa al pasado y decide escribir sobre un crimen lleno de zonas de sombra. Una investigación para encontrar una verdad secreta, unos expedientes que nunca acaban de llegar pero que podrían revelar la verdad.

Todo se me antojó banal y sin fuerza, como el viaje en coche al Cabezo. Una performance. Un modo de jugar con la historia.

Lo único que me resultó sincero fue mi reencuentro con el pasado. La atmósfera del Yeguas, las conversaciones con mis hermanos, los paseos por la huerta, el recuerdo de un tiempo que yo había olvidado. Comencé a intuir entonces que esa era la verdadera historia sobre la que estaba escribiendo. Es cierto que la investigación acerca del crimen de mi amigo había sido el detonante de todo, pero el auténtico crimen sobre el que yo escribía –el único, en verdad, que podía afrontar– era el que yo había cometido con mi pasado, con ese yo que había quedado sepultado en el tiempo. Pero la investigación sobre lo que hizo Nicolás, las conversaciones con el juez, con Jiménez, el intento de encontrar una respuesta a los interrogantes que habían quedado abiertos... ¿A quién quería engañar? Todo eso no era más que una representación obscena. Creo que fue entonces cuando comencé a desistir. No quería seguir jugando a detectives o a artistas de la memoria. Ni siquiera tenía demasiado claro que quisiera seguir jugando a ser escritor, al menos escritor de esta novela. Todo se me hizo denso y pesado. El proyecto se había frustrado. Lo intuía. Una presión en el cuello y la espalda comenzó esos días a limitar mis movimientos. Necesitaba terminar cuanto antes con la «investigación» –ese término comenzó a parecerme ridículo–. Ni siquiera me importó que en algún momento pudiera llegar el expediente judicial. No quería volver a sentir la náusea de la impostura. El regusto amargo de vomitar sobre el pasado. No quería más representación. Había perdido la relación con la autenticidad de los hechos, con la escritura de la verdad. En cierto modo, para mí todo acababa allí, en el mayor de los fracasos, la banalización grotesca de la historia. O eso al menos fue lo que creí durante varias semanas. Porque entonces la casualidad –lo siento, Auster, en Murcia también actúa el azar– intervino de nuevo. Y fue en ese momento cuando encontré la foto. Y, con ella, algo de realidad. El indicio de una verdad que en todo ese tiempo no había sabido cómo escuchar.

V. El dolor de los demás

Míralos todos ahí, están de foto.
Lo dice alguien al entrar al velatorio. Todos ahí. Sentados. En la tapia. Formando una imagen compacta. El grupo de la huerta. Roberto descarga camiones en la fábrica de pintura. Silvestre ayuda a su padre con el tractor. Antolín sirve cervezas detrás de la barra. Pedro Luis monta ventanas en el taller de tu hermano. Observas la foto desde fuera y percibes la distancia. Ya no tienes nada en común con ellos. Quizá un pasado, pero no un presente. Y mucho menos un futuro. Eso, al menos, es lo que crees ahora. Porque ahora has conocido nuevos amigos. Y tus nuevos amigos leen poesía, ven películas independientes y van a los museos. Quieren ser historiadores, músicos y artistas. Habitan un mundo que el grupo de la huerta ni siquiera conoce. Están donde siempre has querido estar.
La ciudad. La universidad. Ese ha sido el último distanciamiento. Pero el movimiento comenzó mucho antes. Cuando tú entraste en Bachillerato y ellos en FP. También Nicolás. Él podría haber estudiado lo que hubiera

querido. Y tú nunca entendiste su elección. Mecánica de automóviles, como su hermano. Tú a Beniaján; él a Puente Tocinos. Allí ya no podrías ser su piel. Vuestros caminos comenzaron a separarse. Vuestros presentes y vuestros futuros. Pero aún había un pasado. Y eso fue lo que os mantuvo unidos. A todos. El pasado que ahora ha comenzado a deshilacharse.

Hoy, sentado en la tapia, junto al grupo de la huerta, tienes claro que has salido de la imagen.

Ya no habitas este lugar.

Hace tiempo que este mundo ha muerto para ti.

1

A finales de noviembre recibí un e-mail de Javier Castro, un amigo editor con quien acababa de publicar el diario de mis días en Ithaca. En el mensaje me contaba que su novia, la artista Concha Martínez Barreto, interesada en el pasado y la memoria, había comenzado a crear un archivo de fotos de niños en carruaje. En esa manera de posar, que había sido una constante desde la invención de la fotografía, anidaban, decía, los sueños de la infancia y la nostalgia del paraíso.

En el correo me preguntaba si por casualidad no tendría yo alguna fotografía de esas características para poder incorporarla a su archivo. Lo pensé un momento e inmediatamente le contesté que sí. Hubo un tiempo en mi infancia en que estuve obsesionado por los caballos y recordaba con claridad una imagen en la que yo aparecía subido a un pequeño carruaje tirado por un poni.

Busqué la foto para enviársela a Javier. Tras la muerte de mis padres, me había quedado con los álbumes fotográficos familiares y estaba convencido de que la fotografía estaba en uno de ellos. Mientras escarbaba entre las imágenes, recorrí mi infancia en la huerta y pasé de nuevo por las fotografías de la primera comunión en las que aparecía junto a Nicolás. Las había revisado el verano anterior para intentar poner imagen a su recuerdo. Su gesto inexpresivo, su flequillo sobre las cejas y sus ojos achinados los tenía ahora tan presentes en mi cabeza que las fotografías no llegaron a conmoverme. De tanto pensar en él, su rostro había quedado grabado en mi retina.

Después de más de quince minutos, logré dar con la instantánea que buscaba. La encontré fuera del álbum, en una caja de fotografías pequeñas que algún día, con tiempo, tendré que ordenar. Me quedé unos segundos observándola. No era exactamente como la recordaba. Yo debía de tener unos cuatro o cinco años. Vestía un mono rojo de pana y una chaqueta verde. Estaba sentado en un pequeño carro tirado por un poni parduzco. A mi lado, el conductor, el Churrispas —un vecino de la huerta—, tenía en sus manos las riendas del poni. Junto al carro, de pie, con un jersey azul y unas alpargatas de cuadros, mi padre pasaba el brazo por detrás de mi espalda. Los tres posábamos para el fotógrafo, seguramente mi tío Emilio, que siempre llevaba la cámara en la mano.

El carro estaba detenido. Probablemente no llegué a pasearme y fue solo un posado. Pero había un carruaje y un niño. Valía para el proyecto de la artista. La escaneé y se la envié a Javier.

Perfecta, me respondió a los pocos minutos.

Después de escanearla, la foto se quedó en la pantalla del ordenador. Nunca la había visto tan grande. Para mí había sido siempre un recuerdo pequeño. Pero ahora podía observar todos los detalles. La amplié y comencé a pasar por todos los personajes del fondo. Allí estaba mi madre. También mi vecina. Mi prima Loles. Todos detrás de mí, en segundo plano, ligeramente desenfocados.

La sorpresa llegó cuando me fijé en el personaje espigado del fondo, sobre la rodilla del conductor. Una chica, alta, vestida de negro, con el pelo recogido y la mirada perdida. Fuera del grupo, separada de todos. En todos los años en que esa foto había estado en mi memoria la figura nunca había aparecido ahí. Había logrado identificar el rostro borroso de mi madre, incluso el de mis primas, y en cambio jamás había mirado la imagen con la suficiente atención como para detectar su presencia. Esa tarde, sin embargo, mis ojos se fueron rápidamente hacia el fondo de la fotografía, como si esa figura reclamase mi mirada. Había estado ahí desde un principio, pero solo ahora podía –quería o sabía– verla: Rosi, en el centro de la imagen, con los brazos cruzados, afirmando su presencia en la fotografía.

Es curioso cómo la mirada es capaz de dejar espacios de invisibilidad. Durante años, Rosi había sido una ausencia absoluta. Había sido invisible en la foto y también en mis recuerdos, incluso en el proceso de escritura. El protagonista de la novela era mi amigo. Ella era un personaje secundario, una silueta vacía que apenas hablaba en mis sueños.

Recordé lo que había dicho sobre la relación entre los hermanos en la entrevista de Tele Murcia: yo llegaba y preguntaba ¿está Nicolás? Y ella lo buscaba. En mi relato, en mi memoria, ella había sido siempre un lugar transparente, apenas una mancha, pero nunca había tenido presencia, nunca una voz, nunca una historia.

En la versión que habían dado los periódicos ella era tan solo una víctima sin nombre. Aún no se hablaba de violencia de género, y su historia no importaba. Era el homicida quien acaparaba las portadas. ¿Cómo podía él haber hecho aquello? Ella era el objeto de la acción, pero nunca un sujeto.

La tarde que tuve frente a mí la fotografía y pude por fin ver su rostro al fondo, fui consciente de que yo había caído en esa misma lógica. Jamás le había dado un espacio. La había puesto a un lado del relato. Continuaba siendo transparente. Llamaba a su hermano para que viniera a jugar conmigo. Seguía siendo nadie. Un nombre, sí, una imagen, pero aún no una historia.

¿Qué podía hacer para remediarlo? Muy poco ya. Llevaba varias semanas sin tocar la novela. Desde el viaje al Cabezo me había quedado paralizado y, ya sin fuerzas, había considerado abandonarla, dejarla como un proyecto frustrado que había perdido su relación con la verdad. Sin embargo, cuando apareció la fotografía, Rosi reclamó su historia. Su imagen me habló desde el pasado, me empujó a buscarlo, a interrogarme por aquello que no había sido dicho ni escuchado. Sentí la punzada de la imagen en el cuerpo. Y no pude escapar a lo que requería de mí. Abrirme a su memoria. Tratar de conocerla. Para que nunca más fuera solo una sombra. Para poder volver a mirar la fotografía y saber que detrás de aquella figura había una vida. Una existencia arrancada de cuajo. Una historia que ya no podía postergar.

Las tres y media. El entierro comienza a las cinco y eres el encargado de abrir la ermita. Sientes que todo empieza a acabar.
 Regresas a casa y te cambias de ropa. Te lavas los genitales en el bidé. Apestan a semen y a orín. Aún no te duchas a diario. Ni siquiera tienes colonia propia.
 Abres el frasco de Brummel de tu padre y te empapas la piel. Después comienzas a vestirte. Pantalones grises de tergal, camisa negra, chaqueta de lana y mocasines. Pareces un seminarista mohoso. Hueles a viejo cansado.
 Mientras intentas peinar tu pelo, observas tu rostro en el espejo. No puedes saber que frente a ese mismo espejo se derrumbará tu padre, y, más tarde, tu madre. Aún no intuyes que ese punto exacto será el centro de todo lo que escribas: lo que queda en el espejo cuando dejas de mirarte.
 Lo que queda en el espejo.
 Cuando dejas de mirarte.
 Una y otra vez.
 Pero el espejo aún está lleno de vida. Contiene tu rostro aniñado, tu flequillo, tu perilla sin bigote, también tus ojos perdidos, que, por un momento, parecen quedarse

ahí, solos, como trozos de piel pegados al cristal, arrastrados hacia dentro por una fuerza incorpórea.

Aún no lo sabes. Es el tiempo vertical, que ya está frente a ti, condensado. Pasado, presente y futuro. Anudados en un mismo instante.

Una constelación invisible.

2

–De ella te puedo contar lo que quieras. A él lo he borrado de mi memoria.

Esas fueron las palabras de mi prima Loles cuando la llamé por teléfono para preguntarle si podía conversar con ella sobre Rosi. Había sido su mejor amiga y, al pensar en alguien que pudiera hablarme sobre la hermana de mi amigo, no tuve duda alguna sobre a quién dirigirme.

Hacía más de cinco años que no hablaba con ella –prácticamente desde la muerte de su madre, la Maruja–. Pero cuando le conté que estaba escribiendo un libro sobre lo que pasó veinte años atrás, se mostró abierta y amable y me invitó a ir a su casa cuando quisiera.

–Me acuerdo de ella todos los días –dijo antes de colgar.

Loles era algunos años mayor que yo. Jugábamos juntos de pequeños hasta que un día, en broma, agarró la escopeta de perdigones de su hermano y me disparó en la cabeza sin saber que estaba cargada. Todavía tengo la cicatriz en el entrecejo. Es uno de los primeros recuerdos de mi infancia. Una imagen borrosa. Mi frente sangrando, mi hermano Emilio conduciendo el coche sin carné hasta el hospital, los médicos intentando sacarme el perdigón de la cabeza... En mi memoria se mezcla lo que me contaron con lo que yo recuerdo. Pero, aun así, ese momento constituye un episodio central de mi pasado. A partir de entonces, la relación con mi prima fue diferente. Ella era una niña cuando disparó –no tendría más de diez años–, se trataba de un simple juego y no podía saber que la escopeta estaba cargada. A pesar de eso, durante algún tiempo no pude evitar pensar que había intentado matarme. Cuando crecí, por supuesto, lo olvidé todo. También lo hicieron mis padres y mis hermanos. Todos salvo la Nena, que no supo cómo pasar página y hasta el fin de sus días siempre se refirió a ella como «la terrorista». La gente de la huerta nunca olvida. El pasado allí nunca pasa del todo. Eso lo supe después, cuando me di cuenta de que estaba rodeado de historias de otro tiempo, rencillas y enfrentamientos familiares que se transmitían de generación en generación y que se perdían en el pasado. La Nena era la última de esa estirpe de huertanos para los que ese evento habría marcado un estigma imposible de borrar. Afortunadamente, nosotros éramos diferentes; el tiempo ya no nos afectaba de ese modo y las cosas no se guardaban para siempre. Al menos, no del mismo modo. Aquel episodio quedó como una anécdota. Poco más. Aunque confieso que cuando marqué su número de teléfono para hablar con ella sobre Rosi y los años del pasado, una parte minúscula de mí todavía relacionaba a mi prima con aquel suceso de mi infancia.

Esperé a las vacaciones de Navidad para tener unos días libres y me planté en su casa un viernes por la tarde. Por puro azar –de nuevo la casualidad, cada vez más insólita e increíble–, Loles había acabado viviendo de alquiler con su marido y sus hijos en una de las casas que lindaba pared con pared con la de mi amigo, la casa de Fina, una de las vecinas que hacía ganchillo todas las tardes bajo la higuera de la Julia, junto a mi madre, la madre de Nicolás y la madre de mi prima. El club de la costura, las llamábamos.

Antes de tocar a la puerta, me quedé unos segundos mirando el portón que daba acceso al patio. Como otras tantas casas de la huerta, la puerta principal, que solía dar al salón, apenas se utilizaba. Yo había entrado en aquel patio en más de una ocasión a recoger el balón cuando jugábamos al fútbol en el patio de Nicolás y la pelota se colaba al otro lado del muro. Durante mi infancia, aquellas puertas solían estar siempre abiertas. Uno entraba en la casa simplemente diciendo que estaba entrando. No había una frontera entre el exterior y el interior. Ahora, sin embargo, la puerta estaba cerrada, como también lo estaba la de la casa de Nicolás. Hacía mucho tiempo que aquellas puertas habían dejado de ser una invitación incondicional.

Loles me abrió por la puerta principal y me condujo al salón. Me sentí aliviado al no tener que cruzar el pasillo del patio y emular ese recorrido que, apenas unos metros hacia la izquierda, tantas veces había hecho camino de la habitación de Nicolás. Quizá habría sido más literario que pasar directamente al salón, aunque el mero hecho de adentrarme en aquel espacio ya me hizo caminar hacia el pasado. Había entrado allí en alguna ocasión durante los últimos meses de vida de Fina, cuando ya estaba postrada en la cama y la visitaba con mi madre o con la Julia. Ahora la decoración era diferente, pero podía percibir con claridad en la casa algo de aquel tiempo, a pesar de los juguetes en el suelo, la televisión de plasma, las cortinas modernas o los muebles de Ikea. Hay algo en la arquitectura de esas casas que remite a un momento diferente de la historia, a un tiempo que nunca es contemporáneo. Las losas, las paredes, la propia estructura, el aire que se respira... Esa casa seguía varada en el pasado. Lo sentí cuando me acomodé en el sofá del salón mientras mi prima preparaba un café. El tiempo no pasa igual por todos los espacios. Algunos se quedan enganchados atrás, sin posibilidad de moverse hacia delante. Son como agujeros negros de historia, que lo atraen todo hacia sí constantemente.

–He mandado a mi Pepe y a los críos a la calle para que estemos solos –dijo tras llenarme hasta arriba la taza de café. Después se sentó frente a mí en un sillón de escay agrietado por las esquinas, acercó hacia ella el cenicero de cerámica que había sobre la mesa del salón y me miró fijamente–: Entonces, ¿qué quieres que te cuente de ella? No sabría por dónde empezar.

Yo tampoco sabía por dónde comenzar a preguntar. Así que le expliqué la historia que estaba escribiendo y le mostré la foto del carruaje. Le dije que al verla había sido consciente de que no sabía nada de Rosi y que por eso había decidido ir.

Mi prima tomó la foto en sus manos y estuvo mirándola unos segundos.

–Ay, la Rosi... –suspiró–. Qué seria era siempre la jodía. Pero tenía mucha gracia, ¿sabes? Las dejaba caer... y nos teníamos que reír.

Se quedó unos segundos pensativa y encendió el primer cigarro de los más de diez que, uno detrás de otro y sin apenas pausa, se fumó esa tarde.

–¿Te importa que te grabe? –le pregunté, abriendo la aplicación de notas de voz del móvil.

—Nada, hombre, tú graba, que quede para la posteridad.

Era la primera vez en todo ese tiempo que había decidido grabar una conversación. No quería perderme nada y pretendía ser lo más fiel posible a la verdad. Por alguna razón, sentía una responsabilidad con la realidad. Y, sobre todo, aspiraba a dejar constancia de la vida de alguien en quien jamás había pensado. Una existencia que, como fui descubriendo esa tarde, no tenía nada de especial. O, mejor, lo tenía todo. Todo lo especial que tienen las vidas normales, las vidas de cualquier persona. Porque, según me contó Loles, la de Rosi había sido una vida perfectamente corriente. No anodina ni aburrida, sino normal. Maravillosamente normal.

Loles era un año mayor que Rosi, pero desde pequeñas se habían convertido en inseparables. En el patio del colegio, por las tardes, en la catequesis y, después, en el trabajo.

—Éramos uña y carne —dijo.

Como Nicolás y yo, pensé. Recordé inmediatamente la frase de doña María Ángeles en la escuela —Miguel Ángel es la piel de Nicolás—, pero preferí no comentar nada en ese momento.

Al acabar la EGB, Rosi había decidido dejar los estudios y había comenzado a trabajar en la Tana, un almacén de cítricos del pueblo en el que también había trabajado mi madre.

—¿Se le daba mal estudiar? —pregunté.

—Se le daba como a mí. Normal. Yo también lo dejé en segundo de BUP y comencé a trabajar. Antes no todo el mundo tenía por qué estudiar. Ahora parece que si no vas a la universidad no eres nadie. Y ya ves, hay críos que están paseando libros hasta que arruinan a sus padres. Tú

lo sabrás mejor que yo, que los ves todos los días. –Sonreí dándole la razón–. Pero entonces éramos felices trabajando en cualquier cosa. Teníamos nuestras perricas y nos daban para ir de fiesta. La Rosi, además, era muy ahorradora, la más responsable de todas. Nosotras éramos más cabricas locas. Pero, salvo eso, ella era como el resto. Una zagala normal. Salía con nosotras de fiesta y bailaba como una descosida. No se ponía hasta el culo, como nosotras, pero si tenía que tomarse su cubata se lo tomaba.
–¿Por dónde salíais? ¿Por el cruce del Raal?
–Casi siempre, sí. Eran los tiempos buenos del cruce. Luego se puso la cosa más fea.

Supongo que pregunté por el cruce casi por inercia. Era el lugar de marcha de los noventa. Al menos para los jóvenes de la Vega Baja. Allí estaban concentrados los pubs e incluso la primera discoteca de la que tuve noticia en mi vida, la Snoopy. Una discoteca a la que nunca fui. Como tampoco a la mayoría de los garitos que se repartían a uno y otro lado de la carretera. En aquel tiempo aún pensaba en esos espacios como antros de perdición. Mis padres los habían demonizado. Sobre todo el cruce del Raal. Allí era donde los jóvenes iban a beber y a drogarse. La decadencia de la sociedad. La ruina de toda una generación. Desde la puerta de mi casa a veces se oía la música en verano. Recuerdo claramente las conversaciones de mis padres cada vez que mi prima salía en el coche: «Qué putiquia ha salido la Loles. Se va ya pasada la medianoche y llega cuando sale el sol. Qué poca vergüenza. Algún día le va a traer un bombo a la Maruja y se van a acabar las libertades.» No quiero pensar lo que dirían de mí, su hijo bueno y responsable, si me vieran ahora.

–También íbamos a la Radical –añadió mi prima– y a alguna discoteca de esas *hardcore*. Donde nos llevaban los tíos. Y la Rosi no atrancaba. Era seria y buena, pero siempre estaba dispuesta a todo.

Le pregunté entonces si tenía novio, o si había tenido alguno.

–Como todas. Tenía sus rolletes. Si es que era una chica perfectamente normal –enfatizó de nuevo–. En el último año había uno que la llevaba loquica. Pero el tío le daba largas. La pobre estaba enamorada hasta las trancas. La noche que lo veía decía que ya había tenido sentido, aunque no hablara con él. Luego veníamos en el coche escuchando música y le brillaban los ojos.

–¿Qué escuchabais?

–No sé, la música de entonces. Los grupos de la época. Nos gustaba mucho A-ha o Tam Tam Go! También los Héroes del Silencio. Y Alaska, eso siempre. Sobre todo a ella.

Le confesé entonces que yo nunca había salido de fiesta con Nicolás y que nunca había podido saber la música que le gustaba.

Fue en ese momento cuando le cambió la cara.

–Mira, de él prefiero no hablar. Un hijo de puta. Sé que era tu amigo, pero no puedo pensar en él sin ponerme enferma. Todavía ahora. ¿Sabes? Pasé mucho miedo. Me podía haber ocurrido a mí.

–¿Cómo?

–Esa noche. Estuve a punto de cruzármelo y podría haberme matado a mí.

Yo no tenía intención de preguntarle por aquella noche. Suponía que había sido duro para ella. Incluso más que para mí. Y solo quería que me hablase de Rosi y de los momentos felices. Pero ella prosiguió:

–Habíamos quedado en salir esa noche. A las dos iba a pasar a por ella. Como otras noches, me iba a esperar en el salón e iba a salir cuando oyera el ruido del coche en la puerta. A esas horas se escucha todo. Y siempre lo habíamos hecho así. Pero esa noche no salió.

Apagó la colilla en el cenicero y sacó otro cigarro de la pitillera de metal en la que los guardaba, perfectamente liados.

—Me entretuvieron unos amigos y llegué veinte minutos más tarde. Serían las dos y veinte. Poco más. Cuando vi que no salía, imaginé que se habría aburrido de esperar. Así que bajé del coche y toqué el timbre varias veces. Pero no salió nadie. Entonces acerqué la oreja a la puerta, volví a tocar y me di cuenta de que no sonaba nada.

—¿No funcionaba?

—Estaba desconectado. Luego lo supe. La Guardia Civil no me preguntó nada ese día. Pero una semana después un guardia vino a la confitería en la que trabajaba y estuvo hablando conmigo. Le conté lo que te acabo de decir y me explicó que el timbre lo había desconectado él.

—¿Esa noche?

—Sí, después de matarla. Según me dijo el guardia, cuando la mató iba en calcetines y lo había llenado todo de sangre. Había huellas desde la habitación hasta el timbre. Así que el cabrón sabía bien lo que se hacía.

La imagen de Nicolás con los calcetines llenos de sangre pisando sobre el gres claro del suelo tomó forma en mi cabeza. Era una imagen táctil. El algodón blanco de los calcetines teñido de rojo. Las pisadas en el suelo. Casi podía sentirlo.

—La acababa de matar, tío. El hijo de puta. Justo en ese momento. Sus padres dijeron que ellos se habían acostado a la una y media. Y a las dos y veinte el timbre ya estaba desconectado.

—¿Y el coche? —pregunté—, ¿estaba todavía allí?

–Sí. Todavía. Él estaba aún en la casa. Lo mismo incluso me vio tocar al timbre. Lo pienso y se me pone la piel de gallina. Si hubiera llegado a mi hora a lo mejor no la habría matado. O me habría matado a mí.

Justo después de decir esto los ojos se le llenaron de lágrimas y dejó de hablar durante unos instantes. Se levantó sin decir nada y fue un momento a otra habitación. A los pocos segundos regresó con otra remesa de cigarrillos que comenzó a introducir con parsimonia en la pitillera.

–Mi Pepe se pasa la tarde entera liándolos y luego yo me los fumo de una sentada –dijo secándose las lágrimas con las manos.

Se encendió uno y continuó:

–Cuando volví a casa a las cinco me encontré el espectáculo. Los coches de la Guardia Civil, la gente en la puerta... ¿Y sabes lo peor?

–¿Qué?

–Que me lo temía. Que sabía que algo malo iba a pasar. Supongo que te puede parecer una tontería, pero esos días la luna estaba como en eclipse. Esa noche, mientras conducía hacia el cruce, intuía que algo malo iba a pasar. Pasé toda la noche con mal cuerpo. Se lo dije a la hermana de tu cuñada, que solía venir con nosotras. Tía, qué raro que la Rosi no haya salido esta noche. Estará cansada, me dijo ella. Ya, le contesté, pero es que todo esto me da muy mal rollo.

La miré intentando hacer como que la comprendía.

–Y, después de eso –continuó–, te puedes imaginar. Lo peor. Tardé más de dos años en levantar cabeza. Fueron los peores años de mi vida. Estaba todo el día drogada. No podía estar sola. No podía dormir. A él lo veía por todas partes. Me imaginaba que iba a volver a por mí. Casi se me va la cabeza. Y a la hermana de tu cuñada también.

Hasta llegamos a pensar que la Rosi venía con nosotras en el coche cada vez que salíamos. A veces nos empujaba desde el asiento de atrás.

Me quedé mirándola en silencio.

–Ya sé que vas a pensar que estoy loca, pero la notábamos. Cada vez que nos montábamos en el coche. Nunca dijimos nada, pero una noche nos miramos las dos al mismo tiempo. Era como si alguien nos estuviera dando patadas en la espalda. Será sugestión o lo que quieras, pero lo sentimos. Las dos a la vez. Preferimos no decir nada. Sobre todo porque a ella no le teníamos miedo. Era a él. Pero a ella jamás. Yo la quería como a una hermana. ¿Qué mal me iba a hacer ella a mí? Como te decía, de ella solo te puedo contar cosas buenas. Salvo esa puta Nochebuena, solo tengo buenos momentos. Los mejores de mi vida. Desde pequeñicas. Saltábamos al elástico en la puerta de la Julia mientras ellas hacían ganchillo debajo de la higuera. Ay –suspiró–, quién pudiera recuperar esa inocencia...

Yo seguía callado, sentado en el sofá, con la taza de café vacía aún en la mano, absorto en una conversación que había dejado de ser una entrevista para convertirse casi en un monólogo. Más que un detective, o un escritor, me sentía un psicoanalista, un confesor, alguien que escucha algo que hace tiempo que necesita ser dicho.

–Y mira qué casualidad –añadió–. Acabar viviendo aquí, junto a su casa. Creo que a la Rosario le alegró que nos mudáramos. Supongo que le recordaba a su hija. La mujer incluso tiraba bolsas de gusanitos por el patio a mis críos cuando venía de comprar. Pobre hija, se murió de pena.

–No me extraña.

–¿Sabes lo que le dijo a la Asunción antes de morirse? Que no entendía cómo yo, que era la mejor amiga de su hija, no había ido ni al velatorio ni al entierro.

–Estarías hecha polvo.

–También. Pero lo que no podía era entrar a la casa y encontrarme allí con la caja del hijo de puta que había matado a mi amiga. Le habría tenido que escupir.

–Ya...

–Cuando las cajas salieron para la ermita, intenté asomarme para verlas, pero no pude aguantarlo. No pude. No puedo recordarlo a él. No puedo pensar en él. He tenido que borrarlo de mi memoria.

Conforme hablaba me daba cuenta de lo distinto que había sido todo desde el otro lado. Loles no tenía ningún sentimiento contradictorio respecto a Nicolás. Él era el asesino y ya está. Sin más dobleces. Se merecía estar muerto.

–La gente cuenta que sus hermanos subieron y lo empujaron –dejó caer.

–Eso le he oído decir a Garre –contesté–. Pero yo no me lo creo.

–Claro, claro, yo tampoco. Pero desde luego eso sería lo que yo hubiera hecho si hubiera sido mi hermano. Empujarlo. Matarlo. Con mis propias manos.

No sé cuál debió de ser mi gesto, pero ella se quedó callada un momento y me dijo:

–Mira, sé que era tu amigo. Siento hablar así, pero es que... lo que hizo... ¿Por qué crees que lo hizo? ¿No has pensado en eso alguna vez? Seguro que tienes tu teoría. ¿Por qué el puto loco mató a su hermana?

Me quedé unos segundos sin saber qué decir. No quise compartir con ella lo que había comenzado a pensar la tarde en que había hablado con el juez.

–Yo –comencé a decir– lo único que sé es que lo mejor que pudo pasar es que se suicidara. Si no, ahora estaría en la calle. Y eso sí que sería difícil de llevar.

–Eso no lo podría haber aguantado. Me habría tenido que ir a vivir a otro lado. La idea de verlo por aquí... y saber lo que hizo. No quiero ni pensarlo. Prefiero no hacerlo. No. Prefiero quedarme con los buenos recuerdos. Con las risas que nos echábamos. Con las bromas que nos gastábamos. Pasamos una adolescencia estupenda. Fueron los años más felices.

Se quedó en silencio unos instantes y encendió el último cigarro de la tarde.

–A veces pienso en cómo habría sido su vida hoy. Si se habría casado o si estaría trabajando. ¿Sabes?, yo voy ya para los cincuenta y aquí estoy, en el paro, y con mis tres críos. No sé si soy feliz. A veces creo que sí. Otras no estoy tan convencida. Y me da por pensar que algo de mí sigue aún allí, que mi juventud se murió con ella. O, no sé, al revés, que no he madurado del todo porque me quedé allí en aquella noche y no he sabido salir. No soy filósofa como tú y no sé ponerle palabras a lo que siento. Pero a veces se me pasan esas cosas por la cabeza. Y si supiera escribirlas lo haría.

Seguimos hablando casi toda la tarde. La conversación se movía entre los recuerdos de Rosi y su vida de hoy. Su marido, sus hijos, sus problemas para llegar a fin de mes. Estaba a gusto con ella allí sentado. Era como retomar una conversación pendiente, una que nunca había tenido lugar. Incluso me olvidé de mirar el móvil, y cuando me vine a dar cuenta, tenía en la pantalla una alerta de memoria insuficiente. No sabía lo que se había grabado. Pero no importaba. La conversación había calado hondo. Los detalles concretos eran lo de menos. Incluso los referentes a la noche en que sucedió todo. Lo verdaderamente importante de aquella tarde había sido ponerme en el otro lado. Por primera vez en mi vida.

Mientras mi prima hablaba, tuve la sensación de que Rosi resucitaba, de que volvía a vivir. Pero no de ese modo macabro en que ella o Nicolás habitaban mis sueños o mis recuerdos, sino de un modo más auténtico, más real. Lo tuve claro; en esa conversación había más vida que en todo lo que yo había escrito. A pesar de la tristeza y de la evocación del dolor. Rosi había vuelto a la vida durante un momento. Y yo, por primera vez, había sentido compasión sincera. Ella había sido una historia, un cuerpo lleno de emociones, una vida. Y él, mi amigo, Nicolás, la sombra que lo había arrebatado todo.

Cuando terminamos de hablar, eran más de las ocho y hacía rato que la luz del sol había dejado de entrar por las ventanas. Salimos a la puerta y Loles me acompañó hasta donde había aparcado el coche. Antes de arrancar volví a darle las gracias por todo lo que me había contado.

–Gracias a ti por escucharme. Me ha gustado recordarla.

–Y a mí conocerla –le contesté.

–A ver lo que sale de todo esto.

–Algo bueno, espero.

–Solo hay una cosa que la gente tiene que saber –concluyó–: que ella vivía, que era feliz y que él la mató. Y no hay más discusión. ¿Has visto qué rápido te escribo yo el libro ese?

En el carril te encuentras con Odín, el gato de Nicolás. También él parece desorientado. Es un siamés como tu Lira. Hijos de la misma madre. Los que sobrevivieron de esa camada. No puedes olvidar la escena. La gata pariendo y la Nena ahogando los gatos en un cubo de agua. Uno tras otro. Tu primo Carlos es aún más radical. Solo has podido aguantarlo una vez. Introduce los gatos en una bolsa de plástico y los golpea contra la pared. El crujido de los pequeños huesos resquebrajándose te revuelve las tripas.

También tú has ayudado a crucificar ranas, has quemado hormigas con la lupa y los rayos del sol y has hinchado de humo murciélagos hasta hacerlos explotar. Porque tú querías ser como los mayores. Ser como tu primo Carlos. Por eso intentabas sonreír mientras él golpeaba a los gatos o afinaba la puntería para dejarlos ciegos. Era la huerta. Era la infancia. Era la infancia en la huerta.

Nicolás nunca hizo nada así. Él siempre se asustaba. La tarde que vio a tu primo lanzar los gatos contra la pared salió corriendo y tardó varios días en volver al carril.

Quizá por eso convenciste a tu madre para que dejara a la gata criar dos gatos el parto siguiente. Uno de ellos es Odín. Tal vez ahora te reconozca. Por eso maúlla y acerca el cuerpo a tus piernas. Busca a su dueño. No sabe que la violencia y lo salvaje al final lograron poseerlo.

3

Al llegar a casa cené rápido y me encerré a transcribir la conversación. Ni siquiera abrí las notas del móvil. Lo tenía todo en la cabeza. Y mientras escribía en un cuaderno lo que había escuchado esa tarde, comencé a sentir que allí podría poner fin a la novela que había quedado varada. De algún modo, transcribir lo que había podido saber de Rosi me reconciliaba con el modo en que yo había banalizado y utilizado el pasado. No era demasiado lo que había conseguido saber. Pero era algo. Allí se abría la posibilidad a otra historia, un punto de fuga. Rosi había dejado de ser solo una silueta borrosa. Al menos para mí. Sí, probablemente ahí era donde debía cerrar el libro. Con el eco de una historia normal, con una vida que se terminó de la noche a la mañana, amputada por mi mejor amigo.

La historia de Rosi me hizo volver a creer en el sentido de este libro. Hasta ahí había llegado; eso era lo que había conseguido: sacar de la oscuridad, aunque fuese por unos segundos, una imagen que había sido tan solo un fondo de contraste en mis recuerdos. Un movimiento mínimo. Un instante de realidad. Un destello de justicia. La parte del otro lado, la del dolor de los demás.

Lo que sucedió después ya no me importó demasiado. Cuando semanas más tarde recibí el WhatsApp de Vicente, para mí todo había comenzado a cerrarse. Y lo que para muchos podría haber sido la culminación de la historia, yo lo entendí como una coda, algo que sucede tiempo después, una vez que lo importante ha tenido lugar.

«Capote», decía el mensaje, «el expediente lo tienes en el juzgado. Me ha llamado Mariví para decírmelo. Ahora te escribo con detalle para decirte cómo tienes que hacer el papel que debes entregar al secretario judicial. El lunes o el martes por la mañana estará en el juzgado.»

Esa misma tarde me llegó el e-mail con las instrucciones para redactar el escrito de interés legítimo. Eran varias páginas, con todos los artículos a los que tenía que hacer referencia y cómo debía expresar mi interés en consultar el expediente. Vicente se había tomado el asunto como algo personal. Llamar por teléfono, asesorarme con los informes, hacerme las gestiones..., era mucho más de lo que un amigo cercano habría hecho. Hay gente que pasa por el mundo evitando ser molestado por los demás, como en una carrera de obstáculos. Hay otra, y Vicente era un ejemplo claro de eso, que se entrega para ayudar a cualquier desconocido. Por eso, cuando vi todo el trabajo que había detrás, a pesar de que el e-mail llegaba justo cuando ya creía que todo había terminado, un mensaje de agradecimiento me pareció poco y quise llamarlo para darle las gracias.

—Para una vez que puedo hacer algo por la literatura... —bromeó.

—De verdad, no sé cómo te voy a agradecer todas las molestias que te has tomado.

—Escribiendo un buen libro, coño. Eso es lo que tienes que hacer.

—En ello estoy.

—Ya sabes, pásate el lunes o el martes con el escrito y lo entregas al secretario judicial. Señor Letrado de la Administración de Justicia, lo llaman ahora, pero es el secretario judicial de toda la vida. Por cierto —concluyó—, vete desayunado. Por lo que se ve, está todo ahí, fotos y autopsias incluidas.

VI. La zona de sombra

Tardas cinco minutos en llegar a la ermita y abres con las llaves que guarda tu madre. Ahí tocas el órgano, participas en las lecturas y volteas las campanas. Ahí entrabas con Nicolás y ahora tienes que entrar solo. Ahí habéis pasado media vida juntos. Ahí lo vas a despedir.

Hoy cada esquina te lo recuerda. Todo es ya una imagen del pasado.

La sacristía: los dos esperando a que llegue el cura, contando la distancia de una pared a otra, inventando juegos cuyas normas solo vosotros conocéis.

El altar: los dos inmóviles junto al cura, como estatuas, apostando a ver quién se mueve primero. Y luego, arrodillados, durante la consagración, tocando la campanilla dos segundos más de lo esperado, o uno menos. O aguantando ahí el máximo tiempo posible. «Este es el sacramento de nuestra fe. Anunciamos tu muerte, proclamamos tu resurrección, ven Señor, Jesús.» Y los dos tras el altar, ocultos hasta el último segundo, conteniendo la respiración, como si estuvierais debajo del agua.

Las ofrendas: uno saliendo a pedir con la bandeja y el otro ayudando al cura a limpiar el cáliz y preparar las formas para la comunión, intentando sincronizaros, llegar al mismo tiempo, correr cuando la ermita está llena de gente o ralentizar el paso cuando apenas hay nadie. No sabes si creíais en algo. Nunca lo has sabido. Pero la ermita era un campo de juego. Un recuerdo feliz.

Ahora, cuando preparas el templo para el funeral, percibes que esa felicidad se ha ido para siempre.

1

En las películas y las novelas todo sucede en un abrir y cerrar de ojos. Alguien investiga un crimen y, acto seguido, tiene en su mano los expedientes que le permiten consultar toda la información. Yo había tardado un año y medio en llegar a esos papeles y era consciente de que mi heroicidad era mínima, nula, apenas nada. Desde luego, muy poco literaria. Pensé en lo ridículo que en el fondo era todo aquello. Y, al mismo tiempo, en lo difícil que había sido.

También es cierto que parte de esa demora se debía a que, desde el principio, no había tenido completamente claro si quería enfrentarme a esos papeles. Ese, en el fondo, era el interrogante que había movido la novela. Saber si estaba dispuesto a afrontar la verdad desnuda. En algún momento de la investigación me engañé creyendo que sí, que quería saber. Pero poco a poco me fui convenciendo de lo contrario. En cierto modo, la verdad que yo buscaba cuando decidí escribir esta novela la había encontrado. Era una verdad pequeña, compuesta de mínimas certezas. La verdad de lo que sucedió esa noche, la que podría encontrar en el informe, la verdad que respondería a todas las preguntas..., esa ya no me interesaba.

Aun así, continué. Lo hice por no defraudar a Vicente, que tanto interés se había tomado en el asunto, y a todos los que tenía al tanto de la evolución de mi escritura. De algún modo, me sentía obligado a proseguir, como si hubiera adquirido con ellos —con un ellos inmaterial y abstracto— algún tipo de compromiso. Aunque también confieso que en ese momento no pude escapar al morbo y la curiosidad. Esos papeles habían sido mi objeto de deseo continuamente pospuesto. Y ahora estaba a punto de lograr el placer de ver, el goce de saber. Quizá esto más que otra cosa fue lo que me hizo levantarme temprano el primer lunes de febrero de 2017 y presentarme en la Ciudad de la Justicia con el escrito de interés legítimo para consultar el expediente del crimen de Nicolás.

Esa mañana el juzgado número 3 estaba de guardia y no me resultó fácil localizar el lugar en el que habían recolocado a los funcionarios, en la otra parte del edificio. Mientras me perdía en el laberinto de pasillos de los juzgados, no pude evitar fijarme en el contraste entre los abogados elegantes y repeinados, con sus maletines y sus zapatos brillantes, y los acusados, los usuarios, en chándal, con ojeras y barba de varios días.

Todo me recordaba a *La edad media,* la novela en que mi amigo Leo radiografiaba el mundo de la justicia. Me había seducido ese libro. Pero nunca había imaginado que su retrato de la pasividad de los funcionarios se ajustara tanto a la realidad. Tuve la oportunidad de comprobarlo conforme avanzaba la mañana y comenzaba a ser consciente de que ese día me iba a ser difícil consultar el expediente.

Después de esperar casi una hora a que me atendiesen en el mostrador, dejar mi número de teléfono para que me llamasen en cuanto el secretario regresara, salir a tomar un café y tener que volver a entrar una hora más tarde para perderme de nuevo por los pasillos, al final de la mañana, por fin, pude conseguir que el secretario me recibiera.

«Ellos son dioses, tú un mortal», recordé de alguna conversación con Leo.

Me quité la gorra para no resultar descortés e intenté parecer llano y cordial.

El secretario judicial me recibió en un pequeño despacho atestado de cajas de expedientes. Las persianas estaban bajadas y apenas entraba la luz. Eso lo volvía todo más lúgubre de la cuenta. El hombre, con el pelo mustio y amarillento y un jersey de pico gris oscuro, me recordó a un viejo maestro del colegio. Su voz nasal y su manera de hablar sin mirar a los ojos me hicieron pensar en don Adolfo, que ya entonces parecía sacado de otra época.

–Cuénteme –dijo después de darme la mano con la efusividad de un autómata.

–Traigo un escrito de interés legítimo para consultar un expediente. Si no me equivoco, creo que usted ya está informado de todo.

Tomó el escrito y, sin decir nada, lo examinó con detenimiento. Parecía que yo había ido allí a molestarlo y distraerlo de sus tareas.

–Dice usted que es... escritor.

Asentí.

Escritor sonó en su boca de modo diferente a como lo había hecho en la de Vicente. Había allí algo despectivo que, por un momento, me recordó al modo en que Garre, en la huerta, se había referido a mí como «el intelectual».

–Y también que era amigo del homicida y que lo entrevistaron el día de los hechos.

—Así es.
—¿Tiene usted esa entrevista?
—Sí —contesté, sin saber demasiado bien a qué venía aquello—. Puedo buscar en el móvil el vídeo de la entrevista de la televisión.
—Búsquela.

Mientras navegaba entre las fotos y vídeos del móvil, el secretario, que en ningún momento me dijo su nombre, seguía examinando el escrito, como si estuviera dirimiendo algo en ese instante. El ambiente era tenso. Yo intentaba ser simpático, pero sus preguntas y reacciones eran cortantes.

—Aquí está —le dije—. Tengo pelo, pero soy yo.

Tomó el móvil y miró el vídeo. Esa fue la única vez que pude intuir un esbozo de sonrisa en su rostro.

—Bueno —admitió, moviendo hacia sí una carpeta descolorida que había en una esquina de la mesa—, pues aquí está todo eso que usted quiere consultar.

No me había dado cuenta de que había tenido el expediente delante de mí todo el tiempo. Era, de hecho, lo único que había sobre la mesa. Evidentemente, el secretario había estado esperándome toda la mañana, aunque por su modo de comportarse pareciera todo lo contrario.

Comenzó entonces a hojear la carpeta desgastada, con varios fajos de hojas grapadas. Estábamos situados uno frente a otro y mis ojos no se apartaban del documento.

—Aquí está —continuó— la investigación de la Guardia Civil, las declaraciones, las autopsias y unas fotografías... que usted no puede ver.

—¿Cómo?

—Unas fotografías que a usted no le aportan nada de conocimiento sobre los hechos.

Me quedé unos segundos sin saber cómo reaccionar.

—Mire –logré decir–, en mi novela son tan importantes los hechos como las imágenes.
—Ya –contestó, como si no hubiese prestado atención a lo que acababa de decirle–, pero es que usted no las puede ver. No son relevantes para su investigación. Además..., aquí hay material sensible.
Mientras decía esto no paraba de hojear el expediente sin inmutarse, con la mirada perdida sobre las fotos.
—No, no las puede ver –decía. Y volvía a pasar por todas como si estuviese hojeando una revista de decoración.
Las fotos pegadas sobre el papel manoseado tenían un brillo lúgubre. Desde donde yo estaba podía intuir algo: el suelo de la habitación lleno de sangre, unos pies, el camisón blanco, las huellas en el suelo..., apenas eso.
Él las miraba con distancia. Yo las intuía y temblaba. Lo poco que pude ver, lo que pude imaginar, aún no se me ha borrado de la retina.
El secretario se percató entonces de que yo no despegaba la vista del expediente y lo cerró de modo brusco. Dudó un momento y concluyó:
—No, usted no las puede ver. No son relevantes para lo que usted necesita saber –volvió a decir–. No le puedo permitir el acceso.
—Bueno –admití para salir de ese bucle que parecía no tener solución–, si no se puede, no se puede.
Al ver que yo no insistía, se relajó.
—El resto del expediente... se lo podríamos fotocopiar para que usted lo consulte. Me tendría que decir qué es lo que considera relevante –esa palabra ya comenzaba a martillearme la cabeza– y procederíamos a realizar la fotocopia.
—No sé, creo que todo –dije.
—¿La reconstrucción de los hechos?

–Sí.
–¿El croquis de la habitación y de cómo fueron encontrados los cuerpos?
–Sí.
–¿La declaración de los padres?
–Sí.
–¿La de los hermanos?
–Sí.
–Uno de ellos dice aquí que el homicida casi no hablaba nunca. Qué cosas, ¿no?
Siguió hojeando y preguntando:
–¿El análisis forense?
–Sí.
–¿El de los dos, víctima y homicida?
–Sí, por favor. Creo que todo lo que pueda fotocopiarme será relevante.
–Todo menos las fotos.
–Sí, claro, todo menos las fotos –repetí.

Comprobó que en el escrito estaba mi teléfono y mi dirección de e-mail y me dijo que en cuanto tuviera el documento fotocopiado se pondría en contacto conmigo. Antes de despedirse, volvió a hojear de nuevo el expediente. Supongo que no lo hacía con mala intención, pero parecía un modo de mostrarme que él podía ver aquello que a mí me estaba vetado. Él era dueño de ese material sensible y yo tenía que postrarme a sus pies para consultarlo.

–Es que te ha tocado un secretario un tanto especial –me dijo después Vicente cuando lo llamé para contarle cómo había ido la reunión–. ¿No te has fijado en sus apellidos? Tú no eres nadie.

Se acerca la hora. Toque de difuntos. Agarras con fuerza la cuerda de la campana mayor y la mantienes en tensión antes de llegar al volteo. Lo mismo con la campana mediana. Llevas haciéndolo desde que eras niño. Antes tenías que colgarte de la cuerda. Necesitabas también la fuerza de Nicolás. Ahora tus brazos mueven la campana y la aguantan hasta el primer golpe del badajo.

Poco a poco la gente se concentra junto a la puerta. Conversaciones, susurros, rumores. El tañido del último toque provoca el silencio.

Entonces llegan los coches fúnebres y todo sucede a cámara lenta. Puedes verlo desde el campanario.

Bajan las cajas y algunos vecinos las cargan al hombro. Una detrás de la otra. Sigues sin saber cuál de las dos guarda el cuerpo de tu amigo.

El cura espera en el umbral y reza una oración antes de que las cajas entren en el templo.

En el interior no cabe nadie más. La ermita es pequeña, y el gentío lo desborda todo. Logras situarte en una esquina.

Hoy no serás monaguillo. Tampoco vas a tocar el ór-

gano. Ni siquiera una marcha fúnebre. Don Pedro opina que es mejor el silencio.
Tendrás que leer, eso sí. Leer como tantas veces lo ha hecho Nicolás.
Cuando el cura se sienta y sales al púlpito, sientes las miradas de todos. También el murmullo.
Este era su amigo, escuchas.
Al pasar junto a las cajas, no puedes evitar rozarlas. El recuerdo del tacto frío de la madera sobre el dorso de tu mano ya no se irá de ahí.
Aclaras la voz y lees sin levantar los ojos del libro.
«Lectura del Libro de las Lamentaciones: Me han arrancado la paz y ya no me acuerdo de la dicha. Pienso que se me acabaron ya las fuerzas y la esperanza en el Señor. Fíjate, Señor, en mi pesar, en esta amarga hiel que me envenena. Apenas pienso en ello, me invade el abatimiento. Pero, apenas me acuerdo de ti, me lleno de esperanza...»
Lees por ti y lees también por Nicolás. Su voz y la tuya, a la vez. Así leíais el evangelio en semana santa. La pasión y muerte del Señor. Los dos juntos: «Después de beber el vinagre, dijo Jesús: Se ha cumplido. E inclinando la cabeza, entregó su espíritu.»
Tú en el papel del narrador. Él leía los diálogos. El cura era Jesús. Otras veces, Nicolás era Jesús. Tú, siempre el narrador.
Cada año leíais mejor. Lo decían las vecinas al salir de misa:
Lo mejor de la celebración, la palabra de Dios.
Ahora te tiembla la voz. Y tus ojos se llenan de lágrimas. Apenas puedes ver las últimas frases del salmo:
«Y Él redimirá a Israel de todos sus delitos.»
Casi no se oye. Pero todos responden:
«Espero en el Señor, espero en tu palabra.»

2

La decisión del secretario judicial acababa con la posibilidad de la confrontación directa con la crudeza de las fotografías. Sin embargo, a pesar de la decepción, confieso que me sentí aliviado. He escrito algunos ensayos sobre la representación de la violencia, he visto películas y performances extremas, imágenes desagradables y repulsivas, supuestamente estoy curado de espanto, pero no tengo demasiado claro si podría haber resistido la visión de esas fotos que tan de cerca me tocaban.

Durante el tiempo en que planeaba escribir este libro, había imaginado varias veces el momento. Y había llegado a la conclusión de que, al enfrentarme a las imágenes, no intentaría describirlas. Dejaría que agujerearan mi retina, narraría mi reacción ante ellas, pero no las revelaría al lector. Cargaría con su peso, pero las mantendría en todo momento alejadas de la mirada del espectador, como hizo el artista chileno Alfredo Jaar con *Los ojos de Gutete Emerita,* mostrando la mirada que ha visto de cerca la muerte, pero no la imagen de los cadáveres mutilados en el genocidio de Ruanda, los cuerpos sin nombre y sin historia.

También tenía claro que bajo ningún concepto fotocopiaría o fotografiaría con el móvil las instantáneas de Rosi y Nicolás. Aquellas imágenes no podían volver a ser tomadas. En realidad, mi intención era contemplarlas para tratar de quitármelas de la mente. Ver para borrar, ponerle imagen a aquello que no la había tenido y así poder olvidar. Al menos, intentarlo.

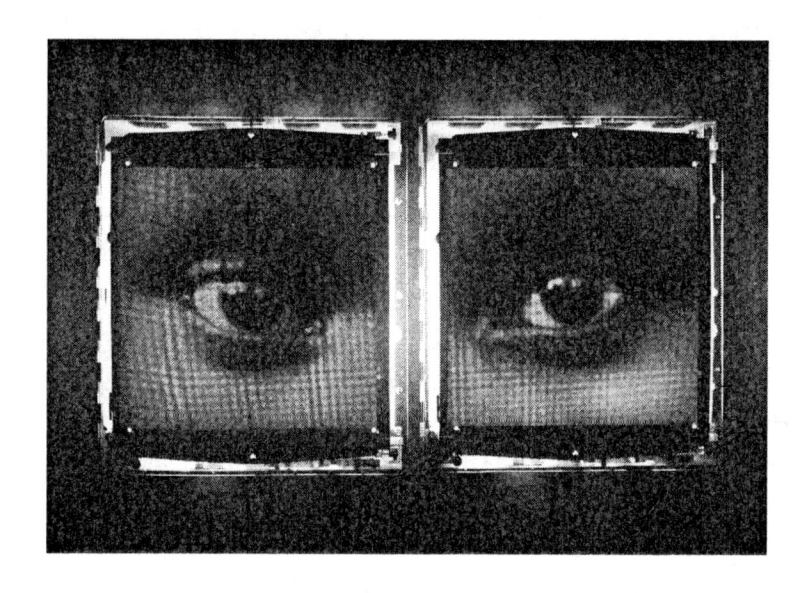

Sin embargo, nada de lo que había pensado hacer iba a ocurrir ahora. Las imágenes iban a quedar fuera de campo. No porque yo quisiera, sino porque no podría acceder a ellas. Y esto, lo reconozco, me liberó. Poco a poco comencé a pensar que aquel señor antipático tenía razón y que las imágenes realmente no eran relevantes –sonreí al utilizar esa expresión–. ¿Qué iba a solucionar viéndolas? Solo habría servido para volver a victimizar a la víctima. Ver a Rosi en camisón, llena de sangre, sería volverla a matar. Contemplar el cuerpo de Nicolás destrozado después de la caída no me proporcionaría ninguna verdad. En la era de la transparencia, cuando todo debe ser visto, dicho y conocido, tal vez sea necesario que ciertas imágenes permanezcan para siempre al otro lado del espejo, más allá de la visión, en el envés de la mirada.

Las fotos lo habrían mostrado todo. Más que mil palabras. Pero a mí me esperaban las mil palabras. O al menos eso fue lo que creí durante algunas semanas, que en el expediente hallaría alguna revelación. Y también pensé entonces que era probable que hubiera confundido los tiempos de la escritura y el orden de la investigación. Durante todos esos meses, en realidad, había estado documentándome. Era ahora, una vez que lo tenía todo, que había hablado con testigos y disponía de las imágenes de televisión y los recortes de prensa, ahora que iba a estar ante el expediente judicial, ahora que me hallaba ante todos los indicios y toda la verdad constatable, cuando debería haber empezado a escribir. Partiendo de esa verdad, de esa realidad. Por un momento lo creí. Sin embargo, razoné, esa sería otra novela. Desde luego, no la novela que yo quería escribir. Entre otras cosas porque ahora, con todo delante de mí, yo no quería escribir más. Porque todo aquello que había pensado y escrito era lo que realmente me había traído hasta aquí. Para muchos, este momento habría sido el principio. Para mí, iba a ser el final, la coda a una historia que hacía tiempo que había dado por cerrada.

En todo esto pensaba mientras esperaba noticias del juzgado número 3 y todas las mañanas comprobaba el correo y revisaba las llamadas perdidas. Estaba, lo reconozco, expectante. Allí terminaría la búsqueda. Encontrase lo que encontrase. Sin embargo, había algo en mi interior que no me dejaba tranquilo, una sensación de contrariedad que se parecía mucho a lo que experimenté el día que me situé delante del barranco desde el que había saltado Nicolás. ¿Y si consultar aquellas páginas me conducía de nuevo a la impostura? Volví a notar esos días la presión en el cuello y en la espalda. Y el malestar fue creciendo conforme pasaban las semanas. Un día me levanté sin ver por el ojo izquierdo y pasó casi un mes hasta que pude recuperar la visión completa. Un orzuelo enquistado síntoma de estrés, dijo el oftalmólogo. Lo achaqué a la acumulación de trabajo y de viajes, también a algunos problemas afectivos que darían para otra novela que no descarto escribir algún día. Pero, en el fondo, todo se debía a lo mismo. Ahora lo sé: yo no quería continuar con esto. No podía más. Había llevado esa historia demasiado tiempo dentro de mí y necesitaba que todo acabara cuanto antes. Mi cuerpo comenzaba a expulsarla y manifestaba su resistencia a seguir con ella en su interior. Por eso, cuando una mañana de abril recibí el correo del secretario judicial con la resolución a mi solicitud de información, en lugar de indignarme por lo que allí decía, una parte de mí recuperó el aliento.

«Resolución a la solicitud de información», rezaba el encabezado:

De conformidad con lo establecido en el artículo 7 del Real Decreto 937/2003, de 18 de julio, de modernización de los archivos judiciales, conforme al cual «los documentos que puedan **afectar a la seguridad de las personas, a su honor, a la intimidad de su vida priva-**

da y familiar y a su propia imagen**, no podrán ser públicamente consultados sin que medie consentimiento expreso de los afectados o **hasta que haya transcurrido un plazo de 25 años desde su muerte**, si su fecha es conocida o, en otro caso, de 50 años a partir de la fecha de los documentos» y resultando que los datos contenidos en las indicadas Diligencias Previas, afectan a la intimidad de la vida privada y familiar y a la propia imagen, resulta procedente DENEGAR EL ACCESO **a la documentación referida,** al no haber transcurrido el plazo legal que permitiría el acceso, en su caso.

Durante varios minutos no supe qué hacer. Estaba en casa terminando un texto para el catálogo de una exposición y perdí toda la concentración. Sin pensarlo demasiado, llamé de inmediato a Vicente para contarle lo que acaba de suceder.

–El cabrón del secretario se ha acojonado –exclamó–. Ha sido muy estricto. De todos modos, tienes que recurrir. Envíame la resolución. Tu interés es legítimo. Seguro que hay alguna manera de que puedas verlo.

Le reenvié el e-mail y salí a la calle para intentar aclararme las ideas. Llegué caminando hasta la mota del río Segura y me senté unos minutos en uno de los bancos que miran directamente a la huerta. El azul del cielo de abril parecía más intenso que de costumbre. Me quité la gorra y noté la calidez de la luz del sol directamente sobre mi cuero cabelludo. De repente, todo se había vuelto más real, más tangible. Incluso las ideas, que comenzaron a ordenarse poco a poco en mi mente.

Hace veinte años mi mejor amigo mató a su hermana y se tiró por un barranco. Así iba a comenzar la novela. Veinte años, el tiempo para escribir. Ahora entraba en escena un nuevo plazo, veinticinco años, el tiempo para que el dolor dejase de doler. Un tiempo aleatorio. ¿Por qué veinte años duelen y veinticinco no? ¿Por qué a los veinticinco años la integridad de los afectados está a salvo? ¿Por qué entonces el pasado deja de ser presente? ¿Acaso las heridas sanan de un año para otro? Medité sobre esa temporalidad azarosa y también reflexioné sobre la contingencia de la propia escritura. Si hubiera comenzado a acariciar este proyecto unos años después, el final habría sido completamente diferente. El final, y probablemente también la propia historia. De todos modos, el tiempo no era la excusa. Veinticinco años parecían muchos, pero lo cierto es que solo faltaban tres para que se cumpliera el plazo estipulado. Podría dejarlo todo en barbecho y dedicarme a otras cosas. Al fin y al cabo, yo no vivía de la escritura. Podría esperar, sí. Pero no se trataba de una cuestión de plazos. En realidad, la ley me ayudaba a terminar, me liberaba de una carga que ya no podía sostener. Porque, a pesar de haberme engañado creyendo que ansiaba conocer la verdad –la que pretendía encontrar en el expediente–, en el fondo yo no quería saber. O al menos ese no era el saber que yo necesitaba. Ahí no iba a encontrar ningún porqué, ninguna respuesta. Solo datos, hechos, la hora justa del crimen, las herramientas que utilizó para matarla, los golpes que le asestó, el recorrido hasta el Cabezo, el tiempo que Nicolás tardó en saltar, el color del cinturón que llevaba alrededor del cuello... Precisión forense. Transparencia policial. Eso estaría ahí. En los folios grapados del expediente. Eso era lo que, según la ley, podía «afectar a la seguridad de las personas, a su honor, a la intimidad de su vida privada y familiar y a su propia imagen». Sin embargo, eso, precisamente eso, era lo que a mí realmente ya no me interesaba averiguar.

Porque luego, por supuesto, estaba lo otro. No lo niego. La necesidad de saber si Nicolás había intentado abusar de Rosi. Quizá ese era el único interrogante que aún me preocupaba. Aunque cada vez tenía más clara la respuesta. Todo conducía a eso. La compresa en el suelo, los comentarios de mi prima, lo que mencionaban los vecinos, lo que dijo el juez, lo que confesó Abellán... Aunque solo fueran habladurías, habían hecho mella en mi cabeza. Y una parte de mí había claudicado definitivamente. Sí, posiblemente Nicolás había forzado a Rosi. Lo vuelvo a escribir ahora. Incluso tal vez hubiera algo entre ellos y no fuera la primera vez que lo hacía o intentaba hacerlo. Eso nunca podría saberlo. Y probablemente el expediente judicial tampoco pudiera corroborarlo. Tal vez allí solo hubiera elucubraciones, teorías, especulaciones. Más fundadas, es cierto, pero especulaciones al fin y al cabo.

En cualquier caso, ¿necesitaba realmente saberlo? ¿Era interés legítimo o mera curiosidad morbosa? ¿Qué derecho, me pregunté, tenemos a conocer la vida de los otros? Yo no era policía, ni detective, ni siquiera periodista; era tan solo un escritor –en realidad, un historiador del arte que se creía escritor– que jugaba a investigar el pasado. ¿Por qué precisamente habría de permitírseme mirar por el ojo de la cerradura, ser un espectador privilegiado de aquella tragedia? ¿Qué potestad especial tenía yo sobre los demás?

A veces se escribe para conocer. Otras, para saber cuándo parar. Y también en ocasiones se escribe para aceptar que hay cosas que no siempre podemos saber.

Sentado en un banco junto al río, en un silencio ligeramente quebrado por el rumor de los coches de la ciudad que se intuía al fondo, comencé a pensar que, a diferencia de lo que había sucedido mientras escribía este libro, lo que estaba ocurriendo ahora se parecía más a la vida que a las novelas. Tenía la estructura de la realidad y no la de la ficción. Esa estructura que se corta sin venir a cuento cuando aún no se ha desarrollado, que nos deja sin saber lo que pretendemos saber, que no resuelve lo que se había propuesto resolver; ese régimen de insatisfacción perpetua que precisamente suele paliar la literatura, clausurando la búsqueda, desvelando la causa, accediendo al objeto del deseo para dejarnos tranquilos y satisfechos, para crear una ilusión de plenitud y totalidad que nos permita, al fin, descansar en paz.

Nada de eso iba a suceder aquí. Aquellos papeles, contuvieran lo que contuvieran, como las imágenes, iban a permanecer fuera de campo. Porque lo decía la ley. Pero también, y por encima de cualquier otra cosa, porque yo ya no estaba dispuesto a mirar en su interior. A pesar de haber estado tan cerca y haberlos rozado con la punta de los dedos. A pesar de haber imaginado que allí residiría la clave de todo. Ese tiempo había pasado. Esa verdad no me pertenecía. Y si alguna clave había en esos papeles, era que su búsqueda me había guiado hacia el presente, hacia la toma de conciencia de que a veces uno se sacia de querer saber, hacia el convencimiento de que escribir –vivir, en realidad–, en ocasiones, también es renunciar.

–Hasta aquí he llegado –creo que pronuncié en voz alta mientras me incorporaba del banco para volver a casa.

Y al levantarme noté mi cuerpo liviano, como si esas palabras me hubiesen quitado un peso de encima. Percibí esa extraña ligereza en el camino de regreso. Sobre todo cuando, antes de subir a casa, telefoneé a Vicente y le dije:

–No vamos a recurrir.

–¿Cómo?
–Lo he pensado. Es mejor así.
–Pero ¿estás seguro? Hay una mínima posibilidad, pero la hay. Tienes que intentarlo.
–Te agradezco mucho todo lo que has hecho por mí. Pero no. Esta vez de verdad: *I would prefer not to.*

Podéis ir en paz.

Son las cinco y media de la tarde. El sol aún no se ha puesto, pero ya comienza a atardecer.

Mientras salen las cajas de la ermita y regresan a los coches, tocas de nuevo las campanas y entonces vuelve el silencio. Tampoco ahora sabes cuál es la caja de Nicolás. Quizá tampoco lo sepan quienes cargan con ellas a hombros. Quizá solo los padres y los hermanos. Quizá solo aquellos que no cesan de llorar.

Antes de que todo se acabe se forma la cola del pésame. Pasan por ella los vecinos. Pasan tus padres, la Julia, tus hermanos, tus primos, incluso tus amigos, el grupo de la huerta. Pasan todos menos tú, que miras la escena de lejos.

¿Qué vas a decir? ¿Lo siento? ¿Qué sentido tendría?

En un momento determinado, te mira la madre. La Rosario. Su mirada no es como la del padre. No es la nada. No es el abismo. Es la desolación, el derrumbe, el dolor infinito. Pero no el vacío. Te mira la Rosario y en su rostro destruido percibes un gesto de cariño. No hace falta que vengas, Miguel, sé que lo sientes, sé que a ti también te duele. Es lo que parece decir. Su mirada y la tuya duelen al mismo tiempo. Sientes su dolor. Y percibes claramente cómo ella siente el tuyo.

Compasión. Sentir con el otro. Sentir en la distancia. La misma distancia desde la que ahora ves el final de la escena. Los coches se marchan, la gente se dispersa, la ermita se queda vacía. La representación ha terminado. Al menos la que tú puedes ver, la que ocurre frente a tus ojos. Porque aún sucederá mucho más fuera de campo. En el cementerio, el lugar donde jamás has estado, ni siquiera para visitar la tumba de tu abuelo. Todavía no sabes las veces que subirás allí y verás las cajas entrar en los nichos. Las veces que observarás al sepulturero levantar una pequeña pared de ladrillos y enlucirla con yeso. Las veces que rezarás un padrenuestro llorando a los que amas.

Aún no sabes nada de nada. Ni siquiera logras escuchar el crujido del tiempo, el resquebrajamiento de la memoria, el rumor de la herida oscura que nublará tus recuerdos.

Tienes dieciocho años y el futuro no ha comenzado.

Tienes dieciocho años y solo sabes que duele.

3

No lo pensé mucho, ni tampoco me esforcé en que fuese demasiado literario. Esta vez quería evitar por todos los medios la sensación de impostura. Ahora, cuando lo escribo, es una escena, pero en ese momento intenté –juro que lo intenté– salir del personaje, de la novela y de toda la estructura narrativa que había creado alrededor de la historia.

Lo hice un martes por la mañana después de salir de clase. No iba a esperar más. No era necesario. Las flores las compré de camino, en la primera floristería que encontré. Atravesé el cementerio con el ramo de claveles rosas y blancos entre los brazos y lo dejé a los pies del panteón donde se encontraban los nichos de Rosi y Nicolás; también el de su madre, la Rosario.

El cementerio estaba prácticamente desierto, y desde el panteón apenas se oía a lo lejos la conversación de unos obreros que me habían saludado al entrar. Como en los días anteriores, el sol de media mañana brillaba con una intensidad especial. Su reflejo me encandiló durante unos segundos y, al principio, me costó distinguir las lápidas de los nichos tras la puerta de cristal que las protegía. Cuando conseguí acostumbrar la vista, me sorprendió encontrar tres pequeñas lamparillas rojas ardiendo en una esquina y un ramito de claveles blancos engalanando cada uno de los pequeños floreros de metal incrustados en las lápidas de mármol. Alguien había visitado el panteón recientemente. Me volví de modo instintivo; quizá aún siguiera en el cementerio. Pero allí no había nadie. Estaba solo. Completamente solo.

Al volver de nuevo la mirada hacia los nichos, mis ojos se quedaron fijos en la fotografía de Rosi. Su rostro no me resultó extraño. Reconocí sus facciones y pude imaginarla con vida. De alguna manera, todo lo que me había contado mi prima Loles se proyectó sobre la foto. Aunque tarde, su figura había salido del fondo borroso. Tenía una historia. Al menos para mí. Y también una imagen clara y definida. Como la tenía la Rosario. En su fotografía, tomada probablemente varios años antes de que el crimen ocurriera, se la veía contenta y despreocupada. Nada había sucedido aún. Descansaba en paz junto a sus dos hijos.

Tardé algo más en atreverme a mirar el retrato de Nicolás. Había examinado su rostro más de cien veces en las instantáneas que guardaba mientras escribía la novela. Pero las fotografías funerarias son siempre diferentes, aunque en el fondo provengan de un instante cualquiera, de un momento congelado. Pretenden condensar toda una vida, reunirla en torno a una representación, como el nombre y los apellidos, como la fecha de nacimiento y de muerte. Son los ojos del cadáver. La imagen última. La efigie definitiva.

Tal vez por eso tuve que armarme de valor para mirar la pequeña fotografía ovalada que resumía la existencia de Nicolás. Su semblante aniñado y su flequillo sobre los ojos me condujeron por un momento al pasado. Aquellos seguían siendo los ojos de mi amigo. Allí estaba su gesto tímido y reservado, su mirada apocada y huidiza. Sí, era su rostro, ese que tantas veces había tenido delante de mí. No había duda de ello. Y, sin embargo, algo faltaba en aquella fotografía. Algo que sí parecía contener el retrato de Rosi; también el de su madre. Ellas eran lo que la imagen mostraba. Sus fotos eran definitivas. Pero no la de Nicolás. Él no acababa de estar en la imagen. La foto no conseguía mostrarlo del todo. Como tampoco yo había logrado hacerlo a lo largo de mi novela. Esa mañana lo tuve claro: a diferencia de lo que había creído, la verdadera presencia invisible de la historia que escribía no era Rosi; era Nicolás. No había sabido traerlo al presente. A pesar de todos los recuerdos, de todas las reflexiones, de todo lo que había contado sobre él. En el fondo, seguía siendo una sombra. Una sombra móvil y vaporosa, imposible de fijar.

Faltaba algo en la fotografía. Faltaba también algo en el recuerdo. La escena capaz de completar la imagen última. Permanecí un momento contemplando la foto de Nicolás y traté de hacer comparecer eso que aún no estaba ahí. De repente, mi reflejo en el cristal se fusionó con la lápida de mármol y por unos instantes me vi allí dentro, enterrado, confinado en una imagen. Y al mismo tiempo descubrí el rostro de Nicolás introduciéndose en el mío. Dos mundos entrelazados. Esa visión me desconcertó, y confieso que, sin pensarlo, me desplacé levemente hacia un lado tratando de expulsar de mi reflejo la fotografía de Nicolás, alejándolo de mí. Creo que fue en ese preciso momento cuando irrumpió la otra mirada, esa mirada que yo había entrevisto en alguna ocasión y que, sin embargo, había intentado dejar fuera de mi memoria. Sus ojos encendidos cuando chutaba fuerte el balón, su gesto de rabia cuando ganaba todos los pulsos, cuando se mordía la lengua y no sabía frenar, cuando no podía tranquilizarse, cuando nada era un juego..., cuando el niño desaparecía y el monstruo comenzaba a emerger. El monstruo que yo nunca conseguí ver del todo. El que brotó la noche en que sucedió lo más terrible. El que acabó con la vida de Rosi.

Esa era la imagen que yo había evitado mirar y había apartado de mi imaginación, la escena sobre la que inconscientemente había posado una bruma oscura, un ruido blanco, una interferencia. No había querido verla hasta ese momento. No había podido hacerlo. Sin embargo, en el cementerio, en el reflejo oblicuo de mi silueta en el cristal del panteón, percibí claramente cómo empezaba de golpe a liberarse. Adquirió el aspecto de una película doméstica. Un vídeo de textura granulada y sonido entrecortado. Una representación precaria y obscena que comenzó a formarse con claridad en mi cabeza: el monstruo, enajenado, fuera de sí, elevando con violencia el gran radiocasete, golpeando a Rosi sin cesar, cada vez más fuerte, con rabia, mordiéndose la lengua, apretando las mandíbulas, sin un segundo de descanso entre golpe y golpe, como un autómata en una cadena de montaje, sin saber cómo parar, cómo detenerse, encarnizado, como un animal encolerizado, como un perro que ha olido la sangre. Después, el cuerpo de ella en el suelo, desfigurado, sin vida. Y el monstruo en retirada. Pero aún presente. Caminando sigiloso hacia el timbre para desconectarlo. Con frialdad. Unos segundos. Antes de desaparecer y dejar sitio a Nicolás. A la angustia, al temblor, a la cobardía, a la huida, a la noche oscura, a la tribulación, al dilema, al salto al vacío, al fin del mundo.

Así había sucedido. Lo vi esa mañana con una claridad que jamás antes había vislumbrado. Ahí estaba la imagen que me faltaba. La parte del monstruo.

Solo más tarde caí en la cuenta de que eso que yo había imaginado en realidad no estaba tan alejado de lo que durante toda su vida había creído la Rosario. Imaginar al monstruo era lo mismo que había hecho ella: imaginar que alguien había entrado en su casa, había matado a su Rosi y se había llevado a su Nicolás. No había sido su hijo. No había sido mi amigo. La culpa era del monstruo. La diferencia es que yo sabía, o creía saber, que los monstruos no existen. Al menos, no separados de las personas que los transportan. Por eso me esforcé todo lo que pude en entrelazar ambas imágenes. La imagen de mi amigo y la imagen que acababa de visualizar. Conectar las dos miradas. Fijar una a la otra. Suturarlas. Producir esa imagen definitiva capaz de condensar en una toma fija la existencia de Nicolás. Para hacerlo visible, para poder anclar aquello que se me escapaba. Lo intenté con toda mi alma. De todas las maneras posibles. Pero reconozco que no encontré el modo de hacerlo. Entre esas dos imágenes se interponía un vacío profundo, una zona de sombra infinita que no había modo de iluminar.

Y precisamente en esa zona —también lo intuí esa mañana—, en esa oscuridad indescifrable, se encontraba el origen de todo. Ahí residía la verdadera pregunta que me había movido a la escritura. No por qué Nicolás mató a Rosi. No cómo lo hizo. Ni siquiera qué se le pasó por la cabeza. Eso jamás nadie lo sabría, aunque al final también yo hubiera cedido a la especulación. No, ese no era el interrogante de fondo. Si había comenzado a escribir, si había decidido remover el pasado y había pasado tres años de mi vida dominado por esta historia, era por otra razón, por una pregunta que yo nunca había sabido cómo responder. Una emoción contradictoria y turbadora que, de un modo u otro, me ha perseguido durante todos estos años. Un sentimiento incómodo que nació la noche en que sucedió lo más terrible y que jamás se ha desvanecido del todo.

¿Podemos recordar con cariño a quien ha cometido el peor de los crímenes? ¿Es legítimo hacerlo después de haber comprendido la parte del otro? ¿Podemos amar sin perdonar? ¿Es posible llevar flores a la tumba de un asesino?

Nunca he sabido qué contestar. El vacío, la zona de sombra, no deja espacio a las palabras; tampoco al pensamiento. Esa mañana, sin embargo, el lenguaje no fue necesario. Miré el ramo de claveles a los pies del panteón y la realidad me ofreció la respuesta.

No me quedé mucho más en el cementerio. Antes de marcharme, recé un padrenuestro. Fue algo involuntario. Recé como lo había hecho tantas veces junto a Nicolás. Esa fórmula no significaba ahora nada para mí, pero tal vez seguía teniendo algún sentido para mi cuerpo y mi memoria. Me sobrevino como un mantra del pasado. El niño que fui regresó por un momento. Se hizo presente allí, frente a la tumba de su amigo. Y supe entonces claramente que nada se borra del todo, ni el bien ni el mal, que el pasado permanece y nos acompaña eternamente, como una sombra que no siempre podemos descifrar.

Regresé a casa con la sensación de que la historia, ahora sí, había concluido. El amén del padrenuestro que había rezado en el cementerio le ponía punto final. A la novela y a ese largo periodo de obsesión. Sin embargo, no me sentí en paz. De algún modo, la herida no había sanado. Los fantasmas continuaban conmigo. No había sido capaz de exorcizarlos. Me consolé pensando que al menos ahora podía mirarlos de frente.

Antes de dormir, abrí en el ordenador el archivo de la novela, esbocé este capítulo y hojeé las más de doscientas páginas que había logrado escribir. Volví a leer la frase que lo había movido todo: «Hace veinte años, una Nochebuena, mi mejor amigo mató a su hermana y se tiró por un barranco.» Esa oración condensaba una historia, sí. Allí había una novela. Una novela repleta de preguntas sin respuesta, de renuncias y decepciones, de finales frustrados y reinicios inesperados. Una novela de certezas mínimas y pequeñas motas de polvo en la historia. La novela que había escrito para saber la novela que ahora debía escribir.

Fue entonces cuando comencé de nuevo y escribí este libro desde el final. No para emprender otros caminos o buscar mejores respuestas, no para enmendar los errores y escapar del extravío. Escribí para dejar constancia de este naufragio, para volver a llegar al mismo lugar y perder de nuevo, para fracasar otra vez, quizá para hacerlo mejor.

Epílogo

Terminé de escribir la novela a finales de mayo de 2017. El día que envié el manuscrito a mi agente pude por fin respirar tranquilo. Me sentí liberado y comencé poco a poco a regresar a mi vida. Intenté pasar página y traté de olvidarme de la historia que me había obsesionado durante los últimos años. Casi lo logré. Incluso dejaron de angustiarme las consecuencias que pudiera tener lo que había escrito. Sabía –sé– que la literatura no es inocua y causa daños colaterales, especialmente cuando trata con personas de carne y hueso que no han pedido ser parte de ella. Pero estaba convencido de que había escrito el libro que tenía que escribir y creía que podría afrontar sin problemas las consecuencias.

Sin embargo, cuando después del verano supe que esta novela definitivamente vería la luz, la seguridad que había experimentado al entregar el manuscrito se desvaneció por completo y comencé a dudar de nuevo de todo. Fue entonces cuando regresaron las pesadillas. En ellas aparecían Rosi y Nicolás, pero también sus padres y sus hermanos. Me atosigaban y yo les pedía perdón, pero ellos no atendían a razones. Por la mañana me levantaba con mal cuerpo y con un complejo de culpa que me costaba trabajo aplacar.

Durante esas semanas también soñé varias veces con Juan Alberto. Aunque las pesadillas no eran tan crudas como las que tenía con Rosi y Nicolás, discutía con él y me despertaba apesadumbrado. Supongo que me seguía inquietando el modo en que esta historia pudiera llegar a lastimarlo.

Tal vez por eso, poco antes de enviar la versión definitiva de este libro a la editorial, me atreví a llamarlo y quedé con él para entregarle una copia del manuscrito. Era demasiado tarde para cambiar nada, pero al menos necesitaba aclararle el porqué de lo que había escrito. Su amistad era una de las pocas cosas que no estaba dispuesto a poner en peligro por la literatura.

En lugar de citarnos cerca de la universidad o en cualquier cafetería de Murcia, le propuse tomar un café en El Yeguas. Llegué quince minutos antes de la hora y lo esperé con un café con leche en la barra. Mientras le enviaba un mensaje para decirle que ya estaba allí, alguien me zarandeó por la espalda y tuve que hacer un esfuerzo para que el móvil no se me cayese al suelo.

–Hostias, nene, ¿te has perdido?

Nunca me había encontrado con Garre sin estar cerca de alguno de mis hermanos y no supe cómo reaccionar. Recé para que Juan Alberto no se demorase demasiado.

Garre pidió un carajillo y se acodó a mi lado en la barra.

–¿Quieres que te lo bautice? –dijo acercando la botella de Terry a mi café.

–No, gracias.

–Desde luego, cómo sois los intelectuales.

Sonreí con una mueca imprecisa.

–¿Y qué? –preguntó mientras vertía el brandy en su

taza de café hasta desbordarla–. ¿Cómo llevas el libro ese que escribías?

–Está terminado –dije señalando la copia encuadernada que había dejado sobre la barra.

Sin pedir permiso, cogió el manuscrito y lo sopesó unos instantes como si sus manos fueran una balanza.

–¿Y todo esto lo has escrito tú? ¿Trescientas páginas? Copón, nene, qué trabajo.

Lo dijo sin ironía. O al menos yo no la percibí. Todo lo contrario. En sus palabras intuí algo parecido a la admiración por el esfuerzo.

–Sales tú –comenté.

–No me jodas. A ver si al final voy a tener que leerlo.

Reímos los dos a la vez.

–¿Y qué?, ¿has logrado averiguar algo sobre el asunto?

–Algo –comencé a decir–, pero al final no he podido consultar...

–Calla, calla –me cortó–. No me chafes el final. Para un libro que me va a interesar en mi vida...

Sonreí. Estaba teniendo una conversación normal con Garre. No me habría importado seguir hablando con él toda la tarde.

Cuando Juan Alberto llegó, Garre se hizo a un lado y se despidió de mí con un apretón de manos enérgico.

–Oye, nene –me dijo al final–, a ver si vienes más, que aquí no nos comemos a nadie. Y sal de vez en cuando a la calle a que te dé la luz del sol –añadió mirando a mi amigo, como si necesitara público para sus chistes–, que pareces un vampiro, copón.

Juan Alberto lo observó con gesto extrañado y no pudo reprimir la carcajada. Creo que en ese momento comencé a entender su ironía. Quizá mis hermanos no estuvieran tan equivocados.

Acompañé a Juan Alberto al salón y buscamos una mesa para sentarnos.

—¿Aquí mismo? ¿Junto a tu altar? —dijo refiriéndose al recorte de prensa colgado en la pared en el que aparecía mi foto en primer plano.

—Dónde vamos a estar más protegidos —ironicé.

No demoré demasiado la conversación y, después de pedir una manzanilla para él y otro café para mí, directamente le entregué el manuscrito.

Juan Alberto comenzó a ojear las páginas con atención y se detuvo un instante en la fotografía del barranco.

—Eres tú —le dije—. Tu chándal verde.

—Hostia puta, Miguel —exclamó.

Y justo en ese momento comenzó a llorar.

Casi inmediatamente, como un acto reflejo, mis ojos también se llenaron de lágrimas.

Juan Alberto permaneció unos segundos en silencio, esperando a que remitiera el llanto. Yo aguardé a que él tomara la palabra.

Y fue tras esa pausa cuando, como si se hubiera soltado algún tipo de mecanismo interior, Juan Alberto comenzó a contarme todo lo que jamás me había contado. Cómo se enteró de todo a las cinco de la mañana, cómo recorrió el campo hasta encontrar el cadáver de su primo, cómo pasó varios meses sin poder dormir, cómo él también decidió huir y no volver a pensar en aquel momento, cómo tampoco había podido escapar del todo y cómo, cada vez que me veía, algo de aquel tiempo, y también de aquella noche, volvía a emerger y lo abrasaba por dentro.

Tal vez esa fuera la clave de todo. Ahí estaban condensados todos los llantos. En todo aquello que jamás nos habíamos dicho. Lo no dicho que, en el fondo, no era tan importante como el hecho de haberlo podido decir. Las palabras que, por una vez, no estoy dispuesto a convertir en literatura. La conversación entre dos amigos. Veintitrés años después. Algo de vida. Entre tanta escritura.

Cuando Juan Alberto se fue, me quedé un rato más en el bar. Saqué el cuaderno negro que llevaba conmigo y comencé a esbozar lo que acababa de experimentar.
Antolín se acercó a la mesa y me preguntó si todo iba bien.
—Perfectamente —respondí. Y le pedí una cerveza y una marinera.
Me acomodé en la silla, volví al cuaderno y me sorprendió el modo en que las palabras comenzaron a fluir. Era la primera vez en toda mi vida que iba al Yeguas sin mis hermanos. En la mesa de al lado, algunos parroquianos habían comenzado a jugar al dominó. El golpeteo violento de las fichas sobre la mesa de metal, que tantas veces me había espantado, no me pareció ensordecedor. Ni siquiera extraño. Formaba parte de la misma imagen que yo habitaba. Mi gorra moderna y mis gafas de pasta no llamaban la atención. Tampoco mi cuaderno abierto sobre la mesa. Al fin y al cabo, yo era el hijo de la Emilia, el menor de Juan Antonio, el hermano del escultor. Y sí, es cierto, estaba a punto de concluir una novela. Pero eso era lo de menos.

Las cajas se alejan y la ermita se queda vacía. Sientes que ahí termina lo que empezó hace dos días. Una noche larga, infinita. Crees, ingenuamente, que todo acaba en ese momento. Entonces regresas a casa, percibes el vértigo y te encierras a estudiar. Tu cerebro se llena de templos, pirámides y esculturas que te alejan de donde estás. Después pasarán los días y volverás a la universidad. Te hemos visto en la tele, te dirán los compañeros. Llegará febrero y aprobarás con matrícula de honor. Cuatro años más tarde terminarás la carrera y conseguirás una beca. Acabarás como profesor en la universidad en la que estudiaste. Abandonarás la huerta y te casarás con una mujer a la que amas. Morirán tus padres y la casa se quedará vacía. Escribirás una novela y conocerás a escritores que admiras. Le contarás el crimen de tu amigo a un escritor que también es amigo. Te dirá que ahí está la historia que buscas. Comenzarás a escribirla y retornarás al pasado. Veinte años después Nicolás volverá a tu vida. Recordarás la noche oscura y tratarás de atravesarla. Fracasarás una y mil veces y tendrás que empezar de nuevo.

Regresarás entonces a estas notas dispersas. Darás forma a los garabatos que una tarde arrojaste a la basura. Comprenderás que el muro de niebla jamás logrará disiparse, que la noche amarga permanecerá anclada en el tiempo. Pero también intuirás por fin lo que late detrás de la bruma. Descubrirás entonces las grietas por donde la luz se cuela. Y entenderás por vez primera lo que importan las palabras. Las que duelen y las que salvan. Las que se escriben en un cuaderno y las que se dicen al oído. Las que se guardan en el alma y las que tardan media vida en llegar.

CRÉDITOS DE LAS ILUSTRACIONES

Página 137: «Barranco». Fotografía aparecida en el periódico *La Verdad*, 26/12/1995. © Tito Bernal. Cortesía del Archivo Regional de Murcia
Página 142: «Grupo de personas». Fotografía aparecida en el periódico *La Verdad*, 26/12/1995. © Tito Bernal. Cortesía del Archivo Regional de Murcia
Página 155: *La visita de Munchausen*, 1987. © Francesc Torres. Cortesía del artista
Página 184: Captura de pantalla del Telediario Matinal de TVE Murcia, 26/12/1995. Cortesía de RTVE Murcia
Página 280: *Los ojos de Gutete Emerita*, 1996. © Alfredo Jaar. Cortesía del artista

ÍNDICE

I. Veinte años 11
II. El mar de niebla 93
III. Los llantos del pasado 147
IV. Performance 203
V. El dolor de los demás 239
VI. La zona de sombra 267
Epílogo 297